KB073895

뿌리 없는 별들

뿌리 없는 별들

은림x 박성환

차례

✳

✳

우물 속의 색채

은림

마의 황무지

✳

낡은 시외버스 차창 너머로 삐죽삐죽 날이 선 요새 울타리가 보였다. 더께 진 차창 먼지 때문에 흐릿하게 보이던 울타리는 순식간에 쑥쑥 자라나 뾰족뾰족한 산등성이가 되더니 거대한 짐승처럼 성큼 다가왔다. 나는 버스 위로 드리워진 시커먼 산그림자에 몸을 떨었다. 낡은 시외버스 안은 찜통처럼 더운데 산그림자가 할퀼 때마다 팔다리에 소름이 돋았다. 이해하기 어려운 기분이었다.

산 모양이 뚜렷해지자 앞자리에서 큰 소리로 떠들던 목소리들이 갑자기 낮아졌다. 모래색의 수도사업소 제복을 입은 남자들은 '저주받은 땅'이니 '마의 황

무지'니 하면서 굽이진 길에 산그림자가 가까워질 때
마다 의자 속으로 몸을 움츠렸다. 덕분에 앞자리에
서 풍겨오던 역겨운 쉰내가 덜어져서 한결 살 거 같
았다. 창문을 열고 싶었지만 내 자리 창문은 잠금장
치가 헛돌았다. 시외버스에 탈 때는 빈자리가 많았지
만, 덩치 큰 남자들에게 이리저리 밀쳐지다 보니 남
은 자리는 이 자리 하나뿐이었다. 나는 여름 더위와
시트에 베인 퀴퀴한 냄새와 신발에 달라붙은 오물 냄
새를 한꺼번에 맡으며 여행 내내 멀미에 시달렸다.

　달리던 시외버스는 산어귀 정류장에서 잠시 멈췄
다. 아컴이었다. 내가 자리에서 일어나자 두런두런하
던 목소리들이 한꺼번에 멈췄다. 나는 침묵이 어떤
소리보다도 크게 들리는 기이한 착각 속에서 버스에
서 내렸다. 바닥에 깔린 산 공기가 바싹 나를 끌어당
겼다. 등 뒤에서 버스가 떠나는 동시에 버스 안의 목
소리들이 다시 커졌다. 나는 영문을 알 수 없는 소외
에 어리둥절하면서도 익숙함에 진저리를 쳤다. 치마
를 입고 교실 문을 열 때, 바지를 입고 학회장 문을
열 때 모두가 싸늘하게 말을 멈췄고, 내가 지나가면
한바탕 뒷말이 쏟아졌다. 그때의 얼린 바늘 같은 공

기에 비하면 지금 산에서 내려오는 찬 공기는 차라리 포근했다.

나는 마을 어귀에 닿을 때까지 오래된 산길을 혼자 걸었다. 보통 사람이라면 몇 번이고 뒤돌아볼 만큼 괴괴하고 음산했다. 한발 한발 내디딜 때마다 농밀해지는 서늘한 나무 향기, 낙엽 더미 아래서 크고 작은 벌레들이 바스락대고 꿈틀대고 팔딱대는 소리, 긴 꼬리가 나무껍질을 스치는 소리가 익숙하게 귀를 자극했다. 좁고 거친 길은 인적이 끊긴 지 오래라 나무들이 서로 오간 흔적이 더 많았다. 길에 얽힌 큰 뿌리들이 발을 채고, 맘대로 뻗은 가지가 머리와 얼굴을 할퀴었다. 나는 배낭을 단단히 메고, 모자를 푹 눌러썼다. 숲 안쪽에 있는 빽빽한 나무들은 비좁은 계곡을 벗어날 수 없어 몸부림치는 것처럼 서로 뒤엉켜 있었다. 햇빛이 닿은 적 없는 실개천도 속이 컴컴했다. 깊이가 궁금해 손을 담그자 시커먼 물살이 살아 있는 것처럼 거칠게 손목을 잡아채서 흠칫 물러섰다. 물풀이었을까? 보기보다 유속이 빠른가 보다 하고 돌아섰지만 섬뜩함이 가시지 않았다.

숲길을 벗어나자 하늘을 가린 빽빽한 나뭇가지들

✳
우물 속의 색채

이 엷어지고, 완만한 비탈길에 웅크린 농가들이 나타났다. 가까이 가보니 지붕 이엉이 시커멓게 썩어들어간 폐가였다. 기둥과 굴뚝이 멀쩡하고 안쪽에는 살림살이의 그림자가 엿보여 당장이라도 누가 서 있을 것 같아 더욱 으스스했다.

"정신 차려."

학자는 주관적인 느낌이 아니라 객관적인 사실에 집중해야 한다. 하지만 이번 연구를 선택한 것 자체가 이미 감상적이었다. 학자가 열정을 쏟고 싶어지는 끌림을 무시하는 것은 불가능에 가까웠다.

마을에 도착했을 때 아직 햇살이 남아 있었지만 일을 시작하기엔 늦은 시간이었다. 나는 오는 동안 산세를 둘러본 것으로 우선 만족하기로 하고, 인근의 불 켜진 유일한 식당으로 향했다. 울타리 너머까지 새어 나오는 시끄러운 남자들 목소리 때문에 약간 불안했지만 다른 선택지가 없었다. 안으로 들어서자 좁은 홀의 시선이 한꺼번에 내 쪽을 향했다.

"거봐. 헤매다가 여기로 온댔잖아!"

그들은 동물원 원숭이의 엉덩이라도 본 것처럼 킬킬 웃었다. 아까 버스에 있던 남자들이었다. 당장 뒤

돌아 나가고 싶은 마음과 반대로, 내 발은 재빨리 안으로 들어가 바에 앉았다. 움츠러드는 상황에서는 달아나기보다 더 빨리 중심부로 들어가는 게 나았다. 남자들투성이 대학에서 강사직을 얻어내려면 그들보다 얼마나 유능한지 수시로 증명하고 결코 물러서지 않아야 했다.

"근방에 묵을 데가 있나요?"

나는 간단한 먹을거리를 주문하고서 음식을 가져온 남자에게 물었다. 수프에 빠뜨렸던 손가락을 바지에 쓱 문지르며 그가 무성의하게 대꾸했다.

"여기밖에 없어요."

그는 그릇을 내려놓기 전에 나를 아래위로 훑어보는 것도 잊지 않았다. 진저리나게 익숙한 시선이었다. 나이와 신분을 막론하고 내가 마주친 남자들은 나를 평가할 천부적인 권리를 가진 양 굴었다. 나는 입맛이 뚝 떨어지는 수프를 미뤄두고 차가운 빵만 억지로 씹었다. 입안이 뻑뻑했다. 시원한 맥주가 간절했지만 이런 곳에서 술을 마시면 어떤 취급을 당할지 뻔했다. 대충 배고픔이 가시자 하룻밤 묵을 것이 걱정되었다. 여기는 전혀 안전해 보이지 않았다. 자물

✳

우물 속의 색채

쇠가 있다 해도 여관 주인이 열고 들어올 수 있다면
아무 소용 없었다. 남자들에겐 일어나지 않는, 상상
도 못 할 사고들이 여자들에겐 너무 쉽게 일어났다.
나는 인적 없는 산에서 침낭을 깔고 노숙하는 것을
진지하게 고려했다. 배낭 속에는 휴대용 담요도 있었
다. 채집 여행에서 노숙을 하는 건 흔한 일이다. 새벽
녘 찬이슬만 피할 수 있다면 더 바랄 것도 없었다. 지
붕이 필요하면 아까 지나온 빈집이 어떨까? 거기까지
생각했다가 나는 무심코 고개를 저었다. 아니, 거기
에는 눕고 싶지 않았다.

"매번 미안한데… 기름 한 되만 빌릴 수 있겠수?"

바싹 마른 나무껍질을 긁는 듯한 목소리가 들렸다.
머리가 새하얀 노인이 술집 주인에게 기름을 빌리고
있었다.

"또요? 바깥양반 돌아가신 뒤로 제때 갚으신 적이
없잖아요."

주인 남자가 쌀쌀맞게 말했다. 좋은 생각이 떠올랐
다.

"제가 낼게요. 얼마예요?"

나는 불쑥 그들 사이에 끼어들었다. 노인은 나를

보고 눈을 크게 떴다.

"할머니, 저 조카 손녀예요. 너무 오랜만이라 못 알아보시나 보다."

행여 조카 손녀 따윈 없다는 말이 나오기 전에 나는 얼른 기름값을 내고 거스름돈을 받았다. 주인은 더 캐묻지 않고 기름을 가지러 갔다. 나는 얼른 노인을 구석으로 끌고 갔다.

"저는 조카 손녀가 아니에요. 하지만 나쁜 사람도 아니에요. 하룻밤 묵을 곳이 필요해요. 댁에 빈방이나 소파가 있을까요? 마루에서 자도 돼요. 여긴 남자들뿐이어서요. 기름은 숙박료 대신 받아주세요."

이건 모험이었다. 하지만 안 하는 것보다 나았다. 노인은 금방 내 말을 알아들었다. 같은 여자로 단 한 번도 어느 장소에서도 완벽하게 안전해본 적 없는 불안을 그는 충분히 이해했다.

"알겠수."

주인이 기름을 바 옆에 내려놓았다. 나는 배낭을 메고 노인을 따라나섰다. 노인은 내 커다란 배낭을 보고 깜짝 놀라더니 손수레에 기름통을 싣고 내 배낭도 실어주었다.

15

✳

"여행객이우? 혼자?"

노인의 목소리에 걱정이 묻어났다. 모르는 사람이라도 염려를 받는 건 기분이 좋았다. 하지만 난 신중하게 대답했다.

"곧 일행들이 올 거예요. 제가 조금 먼저 도착했어요."

거짓말이지만 조심해서 나쁠 건 없었다.

"그래, 어디까지 가시우?"

나는 밤이 검게 내리는 가운데서 유독 환해 보이는 지평선을 눈여겨보았다. 지도대로라면 내가 찾는 곳이 바로 저기였다.

"다 왔어요. 여기예요. 마의 황무지."

노인은 깜짝 놀라 걸음을 멈췄다.

"마의 황무지라구? 정말? 잘 입고 멀쩡한 사람이 왜 거길 가우?"

노인은 새삼 내 차림새를 훑었다. 평가하는 시선과는 전혀 다른, 살피는 기색이었다.

"저는 식물학자예요. 거기 기형식물들이 산다는 소문을 들었어요. 그 식물들을 연구하려고요."

나는 차분하게 말했다. 내가 학자이고 교수라고 말

하면 믿지 못하는 사람을 아주 많이 만났다. 지나치
게 열광하는 사람도 많이 만났다. 내가 취할 수 있는
가장 나은 태도는 모든 것이 보통인 양 말하는 거였
다.

"안 될 말이우. 연구니 뭐니 그런 생각 말구 하룻밤
재워줄 테니 얼른 돌아가시우."

노인은 길가에 쓸쓸하게 서 있는 낡은 집 앞에서
수레를 멈췄다. 나는 배낭과 기름통을 내렸다. 노인
은 난쟁이 초에 불을 댕겨 발밑을 밝혔다. 오래된 아
궁이에는 불씨가 살아 있었다. 노인은 나무를 몇 개
더 넣고 공기가 잘 들어가도록 몇 번 뒤적인 후 쇠로
된 문을 닫았다. 문은 아귀가 맞지 않아서 안의 불꽃
이 넘실대는 게 가끔 비쳤다. 나는 배낭과 기름통을
들여놓고 주전자를 찾았다. 따뜻한 물이 너무 마시고
싶었다. 노인은 커다란 솥을 꺼내 물을 담고 낙엽을
몇 줌 뿌렸다. 물이 끓자 부드러운 향기가 온 집 안에
흘러넘쳤다. 노인이 넣은 이파리는 시골에서 찻잎 대
용으로 쓰는 말린 감잎이었다. 나는 뜨거운 잔을 쥐
고 부엌 옆에 있는 간이침대에 앉았다.

"거기엔 아주 무시무시한 게 있다우. 나는 계속 말

17

✳

우물 속의 색채

했지. 그런데 아무도 내 말을 안 듣고 거기 계속 갔다우. 교수 양반처럼 말이우. 그러다 죽고 다치고…. 간신히 목숨을 건져 달아나며 내게 저주를 퍼부었다우. 다 알면서 왜 말해주지 않았느냐고. 나는 계속 말했는데 듣지 않았으면서."

노인은 문지기였다. 노인이 지금껏 계속해온 일은 그곳에서 사람들에게 위험을 경고하는 일이었다.

"저기 별이 떨어졌다우."

노인은 거실에 난 좁은 덧창 너머로 마의 황무지를 가리켰다. 유성에 대한 내용은 오래된 학회지에 실려 있었다. 바싹 마르고 누렇게 바랜 종이 모서리가 당장이라도 바스라질 것 같아서 책장을 넘기는 게 조마조마했다.

"그건 그냥 별이 아니라 하늘에서 떨어진 저주라우. 그 별 때문에 나훔네 땅이 그 지경이 됐지."

노인들은 말하다가 갑자기 딴소리를 하는 일이 드물지 않아서 나는 자연스럽게 결을 다잡았다.

"마의 황무지 원래 주인이 나훔네였나요?"

노인은 고개를 끄덕였다.

"저기 마의 황무지 자리가 원래는 전부 나훔네 땅

18
✳

이었수. 유성은 바로 그 집 앞마당에 떨어졌다우. 펄펄 끓는 바윗덩이가 마당의 흙을 다 뒤집고 둔덕이랑 고랑을 만들어놨지."

나는 창문으로 다가가 은은하게 빛나는 지평선을 바라보며 달빛에 반사된 바위와 모래의 면적을 어림했다. 사막화된 황무지가 꽤 넓어서 내가 찾는 식물들이 이미 사라졌을까 봐 불안했다.

"사막이 얼마나 넓을까요?"

유성이 떨어진 곳이 황폐화되었다는 보고는 더러 있었다. 지구에는 없는 새로운 물질이 토양을 오염시켜서 주변의 식생물을 멸족시키거나 기형화시켰다는 보고도 있었다. 하지만 어떤 물질로 어떻게 변이되었는지에 대한 장기적인 연구는 아직 충분하지 않았다. 아컴에 유성이 떨어진 것은 아주 오래전 일인데도 여전히 오염 지역의 기이한 생태와 변이에 대한 괴담들이 어제 일인 양 전해지고 있었다. 시에서는 아무도 살지 않고 일구지 않는 쓸모없는 땅을 저수지로 만들기로 결정했다. 나는 연구 과제가 물속으로 가라앉기 전에 건져내려고 다급히 달려왔다. 오염 속에서 어떤 식물이 살아남았을까? 그것들은 어떻게 변질되었고,

어떤 새로운 종으로 태어났을까. 자연은 스스로를 복구한다. 복구가 불가능하면 소멸되거나 변이하기도 한다. 만약에 변이가 생존에 이로우면 자손에게 이어진다. 나는 그 모든 것이 알고 싶었다.

"사막이 아니라 마의 황무지라우. 그래, 거기가 황무지란 말도 이상하긴 하지."

노인은 킥킥 웃었다.

"무시무시한 나무들이 잔뜩 있는데 말이우. 근데 나무든 열매든 있어도 아무짝에도 쓸모없으니 황무지는 황무지지. 거기서 주운 건 땔감으로도 못 쓴다우."

새로 올린 냄비에 양파와 감자가 텀벙텀벙 들어갔다. 이름 모를 가루 한 줌과 아주 알뜰하게 썬 베이컨 조각도 들어갔다. 곧 냄비에서 좋은 냄새가 풍기기 시작했다.

"난 정말 아가씨가 거기 안 갔으면 좋겠수."

노인은 펄펄 끓는 냄비에서 국 한 그릇을 덜어 건넸다. 갑자기 뱃속이 꾸룩거렸다. 배가 고파선지 심기가 뒤틀린 건지는 알 수가 없었다. 교수 양반에서 순식간에 아가씨로 변할 수밖에 없는 게 내 운명인 걸까. 이 노인은 다른 남자 교수들에게도 금세 총각이라고 말할까? 같은 연구실을 쓰는 동료가 이 연구를 하러 왔다면 어땠을까?

"거긴 악마의 땅이야. 호프, 네가 가려는 곳은 마의 황무지라고. 거기서 살아남은 건 아무것도 없어."

연구실 동료가 말했다. 그는 근방에 친척이 있다며 가본 적도 없는 그곳 사정을 다 아는 척했다.

"나라면 절대로 거기 안 가."

그는 잠깐 말을 멈추고 목소리를 낮췄다.

"거긴 악마가 돌아다닌다고."

나는 피식 웃었다.

"뭐야, 올드본. 어린애도 아닌데 그런 말을 믿어?"

동료는 인상을 구겼다.

"정말이야. 덩치 큰 남자들도 꺼리는 곳인데, 너 같은 여자들이 함부로 갈 곳이 아니라고."

그건 어른들이 무서운 이야기로 아이들을 겁주어, 한밤중에 잠자리에서 나와 돌아다니지 못하게 하려는 것과 다를 바 없었다. 알아선 안 되는 것들과 들어선 안 되는 말을 듣지 못하게. 아무것도 모르게 하고 자기들 마음대로 하려고.

"이건 내게 기회야. 이력서에 한 줄이라도 덧대려면 뭐든 해야 해."

사실 이력서가 아무리 길고 두껍다 한들 내 이름을 쓰는 순간 맨 밑으로 밀려날 거란 걸 알고 있다. 하지만 최선을 다할 수밖에 없었다. 생명을 유지하고 독립성을 지키려면 밥벌이를 해야 했다. 여자인 내가 전문성을 버리고 구할 수 있는 일감이란 아무도 거들떠보지 않는 허드렛일뿐이고, 그런 일로는 독립성도 생존도 유지할 수가 없었다. 무엇보다 나는 식물학자로 버티고 싶었다.

첫 직장 면접관은 내 치마를 보자마자 아무것도 묻지 않고 내 이력서를 책상 밑으로 구겨 넣었다. 나보다 성적이 나쁜 남학생이 내가 응시했던 자리를 꿰찬 것을 보고 나는 즉각 교직으로 전향했다. 순수한 학문의 전당에선 남녀가 동등하게 실력으로 평가받을 거라고 생각했다. 너무 순진하고 어리석었다. 교수들이 왜 모두 남자인지 생각했어야 했다.

"왜 하필 거길 가려우? 아무짝에도 쓸모없는데. 식물들은 다른 데도 많잖우?"

노인이 말했다. 나는 건네받은 국그릇에 담긴 국물

을 그 자리에서 홀짝홀짝 다 마시고서 몇 개 안 되는 건더기를 한입에 털었다. 차갑던 속이 좀 가라앉았다.

"글쎄요, 꼭 쓸모 있어야만 연구 가치가 있는 건 아니어서요."

쓸모가 있어서 존재하는 생물은 없다. 만약 쓸모가 있어야만 존재할 수 있다면, 그 쓸모를 결정하는 건 누굴까.

"유성이 떨어진 날, 놀란 나훔이 우리집까지 뛰어왔다우. 그이는 우리 바깥양반한테 운석이 집채만 하다고 허풍을 떨었수. 그 왜 토끼나 쫓다가 사슴을 놓쳤다고 하는 남자들의 허풍 말이우. 어찌나 소란을 떨었는지 운석을 보러 훌륭한 교수님네들도 달려왔다우. 가보니까 집은커녕 개집만큼도 안 되는 바윗덩이더만. 나훔은 밤새 운석이 작아진 거라고 고집을 피웠다우. 살아 있는 것도 아니고 움직이지도 못하는 돌덩이가 어떻게 작아질 수 있겠수."

노인은 계속 말했다.

"교수님네들이 운석을 가져간다고 구덩이로 내려갔수. 우리는 목을 길게 빼고 한참을 구경했다우. 시

23

✳

우물 속의 색채

커멓게 그을은 돌덩이는 멀리서도 후끈후끈했고 연기가 가시지 않았다우. 양복을 입은 교수님네들이 부지깽이를 가져와라, 삽을 가져와라 호통치는 바람에 정신이 하나두 없었수. 결국 끌이랑 정으로 바위 조각을 조금 떼어내긴 했는데 안쪽에 소금수정같이 뽀얀 게 빛났다우. 내가 어릴 때 딱 한 번 시장님네 사모님을 봤거든? 보석 브로치를 달았는데 딱 그거 같았수. 구름 속에 해가 비치고 무지개가 떠도는 모양. 그런데 교수님이 조각을 떼어내자 무지갯빛이 사라지더니 그냥 뿌연 소금 덩이처럼 변했다우. 교수님네들이 떠나고 나훔이 며칠 동안 보석을 캐겠다고 바위를 쪼갰는데 안이 텅 비어 있었다우. 나훔이 어찌나 실망하던지."

나는 교수들이 가져간 유성 조각도 실험다운 실험을 해보지 못한 채 녹아 사라졌다는 걸 모종의 루트를 통해 알고 있었다. 바윗덩이가 비어 있었다면 유성 안에 있던 것도 녹아 토양에 흡수된 걸까.

"교수님네들이 잘라낸 유성 조각이 너무 뜨거워서 나훔네 들통에 넣었는데 바닥이 다 타고 녹아 떨어졌다우. 옆에서 돕던 내 남편 발등에 그게 떨어졌지. 얼른 찬물을 부었지만 죽을 때까지 그 발을 못 썼우. 뭐 그 뒤로 얼마 살지도 못했지만…."

노인은 말끝을 흐렸다.

"나훔댁이 얼른 집안에서 화덕 장갑이랑 흙으로 구운 냄비를 가져다 간신히 그걸 담았지. 그 냄비는 나훔댁이 무척 아끼는 거였는데 결국 돌려받지 못했수. 교수님네들은 도움받는 건 당연히 여기면서 감사하지도 않고 가져간 걸 돌려줄 줄도 모르더구만. 내 그 뒤론 교수님네들을 별로 존경하지 않기로 했수. 그 파란 꽃무늬 냄비가 얼마나 예뻤는데. 나훔댁이 결혼할 때 선물로 받은 거라고 몹시 아끼던 거였다우. 그걸 주신 이모님이 돌아가실 때 나훔댁이 갓 둘째를 낳은 뒤라 장례식에도 못 갔거든. 그걸 얼마나 가슴 아파했는데…."

나는 시시콜콜한 이웃 이야기와 가족사가 몽땅 버무려진 진흙탕에서 필요한 정보들을 조심스레 걸러냈다. 노인은 운석 안쪽이 갓 잡은 짐승의 내장처럼 뜨겁고 번들대며 기묘한 광채가 흘렀다고 했다. 실험실로 가져간 암석 표본도 밤새 뜨거운 열과 빛을 내며 실험 기구를 녹이고 사라졌다. 나라면 분명 연구

25

✳

를 계속하려고 다시 표본을 채집하러 갔을 텐데 그 뒷이야기는 없었다. 그 실험을 했던 교수들 중 누구도 학교에 남아 있지 않았고 현재의 행방도 묘연했다.

"부디 다시 생각해보우. 거기엔 상상도 할 수 없는 게 있다우. 나훔네 가족이 다 죽고 나서 그 빈 땅에 외지인들이 아무렇게든 살아보려고 왔었다우. 얼굴이 붉고, 누렇고, 시커먼 사람, 코가 높고 낮은 사람. 어디서 왔는지도 모르는 뜨내기들이 떠밀려 왔다 죽고, 또 왔다가 죽거나 도망가고 그랬다우. 우리가 텃세를 부린 거 아니냐고? 모를 소리! 눈에 보이지 않는데 분명히 있는 그런 거 있잖우? 당장 먹고사느라 밭을 매고 여물을 쑤다가 머리를 들면 문득 깨닫는 싸한 거, 숨 쉬지 않는 것이 지켜보는 섬뜩한 느낌. 잠자리에 누우면 발치에 고이는 이상한 적막 같은 거 있잖우. 거기에 그런 게 있수. 온갖 화려한 색채로 산 것들을 현혹하면서 말이우."

나는 노인이 말하는 게 뭔지 알았다. 사람들은 자기가 잘 모르는 것들은 유령이나 기현상이라고 생각하며 두려워한다. 미지가 풀리면 인간의 지성이 높아졌다. '그것'들의 모양과 움직임을 관찰하고 그 속에서 반복되는 생태, 작용, 혹은 동작과 반응을 찾아내 이름을 붙일 수 있다면, 관념의 존재를 현실로 불러내 사람들에게 똑똑히 보여줄 수 있다면, 아컴의 황무지에 서린 기이하고 섬뜩한 존재에 이름을 붙여 사람들에게 경고할 수 있다면 분명 달라지리라. 그 일을 노인이 하려고 했었다. 빨아도 빨아도 지워지지 않는 앞치마의 얼룩처럼 그 '기이한 날'의 기억에 대해 이도 몇 개 안 남아 새는 발음으로 우물우물 이야기해주려고 했다. 하지만 그는 늙은 여자였고, 그의 목소리로 인해 어떤 중요한 정보도 '쓸데없는 수다'로 치부되었다. 그래도 노인은 말하기를 포기하지 않았다. 말들이 닳고 닳아 황무지에서 불어오는 바람 소리가 될 때까지. 밤의 어둠도 빛이 바래는 아컴의 회색 지평선처럼 희미해질 때까지. 누군가는 듣기를, 듣고서 다가오지 않기를, 소중한 생명과 시간과 인생을 하루라도 낭비 없이 보존하길 바랐다. 하지만 그에겐 사람들의 주의를 끌 권위도, 이름을 명명할 학식도 없었다.

만약 노인이 허드렛일을 하지 않고 오롯이 이야기

27

우물 속의 색채

에 집중했다면, 우리 사이에 빨랫감이나 설거짓거리나 식사 준비가 아닌 오롯한 차 한 잔만 있었다면 그의 말에 더 무게가 실렸을까? 손이 비는 시간은 노동을 끝낼 수 있는 일부만 전유할 수 있다. 이야기를 나누는 내내 노인은 잠시도 손을 쉬지 않았다. 다른 사람들과도 그랬을 것이다. 컴컴해지는 부엌에 촛불이 켜지고, 설거짓거리가 사라지고, 절임 통들이 선반에 올려지고, 아침으로 먹을 귀리 한 줌과 깎인 감자가 물에 담겼으며, 행주들이 늘어진 빨랫줄에 널렸다. 노인이 하는 모든 일은 너무나 소소하고 숨쉬듯이 익숙해서 마치 마법처럼 어질러진 모든 것들이 그냥 제자리로 돌아간 것 같았다. 집안일은 아무리 바쁘고 수고로워도 아주 쉽게 지워졌다. 만약 대낮이었다면 바느질감을 꺼냈으리라. 하지만 어두운 등불 아래서 할 수 있는 건 빨래 개기 정도였다. 눈을 떠서 잠자리에 드는 순간까지, 때론 잠결에 칭얼대는 아이와 기침하는 노인을 돌보는 노동까지 해야 하는 이들에게 그런 시간은 환상이었다.

"제가 그 일을 하려고요. 거기에 있는 게 뭔지 알아내서 사람들에게 알릴 거예요."

28
✳

나는 계속 말했다.

"제가 대학생 때 모르는 여자가 갑자기 교실에 들어왔었어요."

낡고 촌스러운 옷차림의 그 여자는 아컴의 시골 서쪽에 사람을 빨아먹는 식물이 있다느니, 어떤 나무는 한밤중에도 빛이 나고 바람 없이도 춤추며 꽃 없이 열매를 맺는다느니 횡설수설하며 도움을 청했다. 따라온 경비가 바로 그를 끌고 나갔지만, 한동안 교실의 소요는 잦아들지 않았다. 사람을 빨아먹는 식물이 진짜로 있나 없나, 꽃 없이 열매 맺는 식물에는 어떤 종이 있나에 대한 토론이 아니라 그의 옷차림과 머리 모양과 몸매와 얼굴에 관한 불쾌한 음담패설들이었다. 나는 잠시 눈치를 보다가 슬그머니 밖으로 나가 그를 찾아보았다. 어디로 사라졌는지 벌써 보이지 않았다. 허탈하게 정원 돌에 엉덩이를 걸치는데 교내를 어슬렁대던 들개가 다가와 꼬리를 흔들었다. 나는 주머니를 뒤져 땅콩을 꺼내주었다. 신나게 받아먹던 개가 갑자기 정원 뒤를 향해 짖었다. 거기는 교내에 단 하나뿐인 여자 화장실이었다. 번뜩 생각이 머리를 스쳤다. 역시 그는 거기에 있었다.

✹

우물 속의 색채

"빗을 좀 빌릴 수 있을까요?"

엉망이 된 옷매무새를 가다듬는 그의 모습은 난처해 보였지만 아까보다 훨씬 목소리가 차분하고 발음도 분명했다. 많은 사람들 앞에서 말을 하는데 떨지 않고 횡설수설하지 않기가 더 어려울 터였다. 거울이 없이도 능숙하게 머리를 틀어 올리는 걸 보니 절대로 남 앞에 그런 꼴로 나선 적이 없는 게 분명했다. 나는 그가 미치지 않았다고 확신했다.

"아까 교실에서 하려던 말이 뭐였어요?"

그는 깜짝 놀라 나를 아래위로 훑어보았다.

"누구세요?"

"여기 생물학부 학생이에요. 아까 그 교실에 있었어요."

그는 감히 여자가 대학생일 거라고는 생각하지 못한 모양이었다. 그런 시절이었다. 여자는 배우기도 전에 결혼을 하고, 아이를 낳고, 살림을 하고, 아무도 쳐주지 않는 허드렛일과 돌봄 노동을 하다가 늙어 죽는 게 당연한 시대였다.

그는 잠시 머뭇대다가 두껍게 싼 보자기를 꺼냈다.

"마을에서 자꾸 사람들이 사라져요. 노인들, 어린

애들…. 이것 좀 보세요. 이런 거 보셨어요?"

보자기 안에는 꺾인 적 없는 것처럼 크고 싱싱한 꽃송이와 색이 짙고 보석처럼 반들반들한 사과가 있었다. 나는 비단처럼 두툼한 꽃잎에 매혹되었다가 끔찍한 냄새에 고개를 돌렸다. 꽁꽁 싸매온 이유가 있었다.

"이 꽃은 보름이 지나도 시들지를 않아요. 기분 나쁘게 예쁘고 생선 썩는 냄새가 나요. 이 사과는 먹을 수가 없어요. 겉은 멀쩡한데 안이 곯았어요. 거기서 나는 열매들이 다 이래요."

그가 보여준 사과는 마치 화가가 갓 짜낸 빨간 물감을 바른 것처럼 농염하고 먹음직스러워 보였다.

"이렇게 크고 싱싱한데 먹을 수 없단 거죠?"

사과는 단단해 보이는 외관과 달리, 촉감이 무른 토마토 같았다. 시험 삼아 베어 물자 쓰디쓴 맛에 침이 턱까지 흘렀다. 냄새는 또 어찌나 고약한지 그가 서둘러 수건을 대주지 않았다면 옷을 다 버릴 뻔했다.

"사람을 빨아먹는다는 말은 뭐예요?"

그는 뭐라고 설명하기 어려운 듯 손짓 발짓부터 먼

31

*

저 했다.

"사람들이 자꾸 사라졌어요. 버려진 땅에 뭐라도 나겠지 싶어 농사를 짓던 거라…. 뜨내기들이니 사정이 생겨서 말도 없이 떠난 거라고 생각했어요. 아이들이 사라지기 전까진요."

그는 이상한 농작물을 먹고 시름시름 앓거나 한밤중에 홀린 듯 집밖을 돌아다니다가 사라진 아이들 얘기를 해주었다.

"다른 애들이 사라질 때까지만 해도 우리는 괜찮을 거라고 생각했어요. 그저 먹고사는 게 급해서…. 내 애가 아니라서 다행이라고…."

그는 금방이라도 눈물이 터질 것처럼 새빨갛게 부어오르는 눈을 이리저리 굴리며 숨을 골랐다.

"빛을 봤어요. 애가 반짝이는 이상한 풍선 같은 걸불고 있는 것처럼 보였어요. 물고기 부레를 떼서 종종 그런 장난을 치거든요. 그런데 그 작은 풍선이 애를 쭉 빨아들였어요.. 정말이에요."

그가 계속 중얼거렸다. "내가 직접 봤어요." 그 말을 할 때는 제정신이 아닌 것처럼 보였다. 눈동자가 까맣게 커지고, 여기에 있는 게 아니라 아이가 사라

32
✳

진 그 순간에 있는 것 같았다.

"왜 처음 이상한 일이 있었을 때 아이들을 데리고 달아나지 않았어요?"

나는 그 질문을 두고두고 후회했다. 삶은 누구에게나, 특히 약한 자들에게 더 사납게 달려들었다.

"갈 곳이 없었어요. 아이가 넷이에요. 애 아빠는 막내가 뱃속에 생기자 도망가버렸죠. 애들은 매일 배고프다고 울고…. 이젠 울지도 않는 둘째를 보고 곧 죽겠구나 했죠. 거기에 빈 땅이 있다는 소문을 들었어요. 아무도 안 먹는 작물도 있다고. 굶겨 죽이느니 뭐라도 먹여보자 했죠. 가니까 정말로 먹을 게 있는 거예요. 너무 배가 고파서 좀 상한 것 같아도 아무거나 먹었어요. 그다음엔 좀 골라 먹었고…. 나중에는 영 못 먹겠다 싶었지만 다른 작물이라도 거두자 싶어서 씨앗을 동냥했어요. 새로 난 것들은 조금 나아진 것 같기도 하고, 아닌 거 같기도 하고…. 괜찮은 작물을 거두었단 사람들도 있다고 하니까 여기도 좀 나아지겠지 하고 그냥 기다렸던 거 같아요. 우리 같은 사정인 사람들이 제법 있었어요."

아이는 혼자 저절로 생기는 것이 아닌데 임신으로

33

✳

우물 속의 색채

몸을 빼앗기고, 출산으로 목숨을 위협받고, 육아로 삶을 빼앗기는 고통은 오직 그 혼자만의 것이었다. 남자 혼자 부양하는 가족보다 여자 혼자 부양하는 가족이 더 가난하고 회생 가능성도 낮았다. 그는 절대로 남자와 같은 직업을 얻을 수도, 같은 월급을 받을 수도 없었다.

"이래서 땅이 버려졌구나 싶기도 하고…. 거기서 난 걸 먹고 젖을 내면 아기가 계속 설사를 했어요. 그래도 어쩔 수 없었어요. 다른 걸 할 힘도, 도와줄 사람도 없었고…. 막내를 제일 먼저 잃었어요. 그냥 애가 약한 거라고 생각했죠. 아기들은 쉽게 죽으니까. 다른 애들은 배앓이를 하고 비쩍 마르면서도 그런대로 버텼어요. 그런데 빛이 나타났어요."

그의 눈이 점점 커지며 검게 번들댔다. 헤어날 수 없는 우물이 점점 열리는 것 같았다.

"가끔 애들이 빛이 떠돌아다닌다고 말했어요. 요정이라고 말해주었죠. 애들은 무섭다고 했어요. 도깨비 같다고."

"반딧불을 착각한 건 아니고요?"

내가 물었다.

"아니에요!"

그가 펄쩍 뛰었다.

"그때 애들 말을 들었어야 했는데…. 하나라도 데리고 나왔어야 했는데…."

그의 눈에 다시 열기가 떠올랐다. 죽고 싶은데 죽을 수 없는 삶을 견디며, 아무것도 할 수 없는데 하지 않으면 견딜 수 없는 고통스러운 몸부림이 그를 미치게 하는 거 같았다.

"거기 뭔가 있어요. 내 말을 안 믿어줄 거 같았어요. 그래서 이걸 가져온 거예요. 요정이겠죠? 요정이 애들을 데려가기도 한다잖아요? 뭘 주면 제 아이를 돌려줄까요?"

나는 대답할 말이 없었다. 그는 제대로 배운 적 없는 시골뜨기였고, 알 수 없는 모든 일을 미신으로 믿고 있었다.

"이게 왜 이상한지 알아볼게요. 마의 황무지에 뭐가 있는지 알아내거나 다른 사람들에게 도움을 청할 수도 있을 거예요."

그는 못 미더워하면서도 보자기를 넘겨주었다. 나는 약속대로 교수들을 찾아가 보자기 속 내용물을 보

35

✳

우물 속의 색채

여주고 거기에 무슨 일이 일어나는지 알아보도록 연구원을 파견하거나 실종된 아이들을 찾도록 수색대를 보내자고 제안했다. 하지만 다들 코를 싸쥐고 피하기만 할 뿐 제대로 된 대답을 들을 수가 없었다. 여학생답게 얌전히 졸업이나 해서 시집이나 가라는 충고는 수십 번 들었다. 유일하게 쓸 만한 것은 유성을 연구했던 교수들이 우리 대학 소속이었다는 것뿐이었다. 그들은 이미 학교에 없었다.

"정말로 갈 셈이구먼."

노인은 희미하지만 임신한 여자를 기억하고 있다. 그와 아이들이 언제 어떻게 사라졌는지는 기억하지 못했다. 그래서 괜히 내게 미안해했다.

낡아빠진 화장실에서 간신히 손발을 씻고 나오자 피곤이 몰려왔다. 이 좁은 침대에 기댈 때까지 여행길은 더도 덜도 없이 딱 예상만큼 끔찍했다. 교문을 나선 순간부터 끈질기게 따라붙는 시선들은 여자가 왜 남자처럼 바지를 입었는지부터 시작해 어떤 가방을 들었는지 눈동자 색은 어떤지까지 뜯어보고 참견하는 데 조금도 거리낌이 없었다. 잠시라도 긴장을 늦추면 시시껄렁한 말로 지분대는 것도 서슴지 않았다. 그들이 집적대는 건 내가 아름답거나 특별히 관심이 가서가 아니라 그냥 쉽게 집적댈 수 있는 젊은 여자이기 때문이었다.

직업상 여행이 잦은지라 일행이 아닌 남자들과 가까이 그러나 말을 걸 수는 없는 미묘한 거리를 유지해 그들과 일행인 양 딴 남자들의 눈을 피하며 다니는 것에 능숙했다. 하지만 서로가 모르는 사람이 없는 작은 시골 마을에서는 그 방법이 먹히지 않았다. 여인숙에 기름 한 되를 빌리러 온 노인과 내가 서로의 난처함을 헤아리지 못했다면 잠금장치조차 변변치 않은 여인숙에서 내가 무슨 사고를 당했을지 알수 없었다. 노인은 남자들만 존재하는 세상에서 섬처럼 떠 있는 나를 발견했고 우리는 여자들만이 도울수 있는 방법으로 서로를 도왔다.

집 구석구석에 고인 어둠이 비틀린 화덕 문틈으로 비어져 나온 불길과 뒤엉켜, 검고 노랗고 가끔 주홍색으로 반짝였다. 노인의 이야기와 여자의 이야기가 아무렇게나 얽히고 섞여서 꿈으로 변했다. 연구실에서 오팔처럼 빛나는 돌덩이를 실험하고 있었다. 연구자들이 뭔지 모르겠다고 고개를 젓는 동안 실컷 괴롭

✳
우물 속의 색채

힘당한 돌덩이는 슬그머니 생명이 꺼져 사라졌다. 나홈네 떨어진 운석은 그냥 돌이 아니라 별이 낳은 알이었다. 그 속에서 소중하게 품어지던 존재는 사람들의 호기심에 껍질이 까이고 잘려나가 태어나지도 못한 채 흩어져버렸다. 자식을 잃은 어미의 미친 손가락 같은 뇌우와 애도의 광풍이 휩쓸고 간 자리엔 퇴락한 앞마당과 낡은 우물만 남아 있었다.

다음날 새벽, 나는 어디서부터가 꿈이고 어디까지가 이야기였는지 구분하기 어려운 채로 깨어났다. 술을 마신 것처럼 머리가 무거웠다. 주섬주섬 가방을 꾸려 짊어지고 신발 끈을 조이는 동안 노인이 내 손에 점심거리를 들려주었다.

"어두워질 때까지 있지 마요. 조심하고."

배려에 감사하며 켜켜이 챙겨 넣은 채집 도구 위에 점심거리를 욱여넣었다.

날씨는 약간 흐렸지만 비가 올 거 같지는 않았다. 나는 걷고 보고, 걷고 보고, 가끔 허리를 굽혀 토질을 확인하고, 낯선 식생물이 있는지 살폈다. 발치에 걸리는 자갈과 수풀은 영양 부족으로 바싹 마르고 누렇

38
✳

게 떠 있었다. 땅이 마르는 기색은 갈수록 심해지다가 갑자기 모든 것이 짙은 녹색으로 바뀌었다. 사방이 밝다가 갑자기 어두워진 느낌이었다. 나는 이상한 전율을 느꼈다. 그건 아쿰의 산맥을 처음 마주할 때 느꼈던 섬뜩함과 똑같았다.

지면엔 숱한 세월이 켜켜이 이끼로 쌓여 있었다. 이끼층이 어찌나 두꺼운지 걸을 때마다 발이 푹푹 빠졌다. 어디서나 흔한 우산이끼였다. 그런데 냄새가 아주 고약했다. 이끼 특유의 비릿하고 상쾌한 냄새가 아니라 새로 깐 길의 뜨거운 타르 같은 역겨운 냄새였다. 이 근처가 오염 지역일까? 그런데 오염된 땅에서 어떻게 이토록 무성한 식물들이 생장한 걸까.

무거운 적막감이 어깨를 짓눌렀다. 숲이 있으면 벌레가 살고, 벌레가 있으면 그걸 먹고 사는 새와 작은 짐승이 같이 살고, 또 그걸 먹는 큰 짐승들이 그물처럼 얽혀 있는 법이다. 그런데 이 숲은 지나치게 고요했다. 귀에는 내 거친 숨소리와 내가 지나온 길에서 굴러떨어지는 돌멩이 소리와 짓밟힌 풀이 몸을 펴는 소리만 들렸다.

나는 이파리가 아주 두툼하고 유난히 윤이 나고 잎

맥의 모양이 기이하게 뒤틀린 상수리나무와 단풍나무를 발견했다. 주변 다른 나무들도 군락지에 따라 변이가 있는 것도 있고, 없는 것도 있었다. 나는 변이가 있는 군락지를 따라 머릿속에 지도를 그리며 계속 갔다. 넓은 공터가 나왔다. 노인이 말한 나홈네가 분명했다. 유성이 파놓은 구덩이와 둔덕이 우묵하고 둥그런 흔적으로 남아 있었다. 그 집이 불탔다고 했던가? 들은 기억이 안 났다. 집은 사라지고 없었지만, 집이었던 벽돌과 썩지 않는 잡동사니와 화덕이 있었다. 거기엔 식물이 전혀 없었다. 흙이 기름기 하나 없이 전소된 잿더미인데 어찌나 바짝 타버렸는지 유기물이 전혀 남아 있지 않았다. 지구상에 있는 어떤 불길이 이토록 뜨거웠을까. 목사님이 설교하던 지옥 불이 있다면 이런 모양일까.

여기서 대체 무슨 일이 있었던 걸까. 미생물은 어디든 존재하고 아주 약간의 영양소만으로도 곰팡이가 활동한다. 거기서 분해된 양분으로 이끼와 잡초와 나무가 서식한다. 하지만 이 잿가루 속에서는 아무것도 자랄 수 없을 것 같았다. 곰팡이조차도.

유성이 떨어진 후 십수 년이 지났다. 내가 대학에

서 그 시골 사람을 만난 지도 십 년이 흘렀다. 그런데 이곳은 시간이 멈춘 것 같았다. 유성의 오염 물질만으로 이렇게 될 수 있을까? 토양의 자정 작용은 어디로 간 걸까? 주변을 둘러싼 빽빽한 나무 군락 때문에 더욱 우묵하게 느껴지는 나훔네 앞마당은 마치 거대한 둥지 같았다. 만약 이게 둥지라면 알을 낳은 미지의 존재는 얼마나 크고 무시무시할까.

변이가 뚜렷한 식물 표본을 채집하다 보니 왜 그동안 아무도 이것들을 연구하지 않았는지 궁금해졌다. 이곳을 방문했던 교수들이 지질학과라서 운석 조사가 무용지물이 되자 관심을 잃은 걸까. 교수들은 다른 연구자들에게 연구 정보를 넘겨줄 만큼 사교적이지도 못했던 걸까. 왜 아무도 학교에 없는 걸까. 별다른 큰일이 없는 한 죽을 때까지 직함을 잃지 않고 활동할 수 있는데.

노인은 근처에 작고 이상한 동물들이 있는데 몹시 사나우니 조심하라고 했었다. 눈이 이상한 토끼에게 물린 아이가 밤새 앓다가 죽은 이야기도 해주었다. 토끼가 사람을 공격하는 일은 거의 없고, 토끼에게 물려 죽은 일은 들은 바가 없었다. 나는 이상한 동물

✳

우물 속의 색채

들은 보지 못했지만, 식물들 사이에서 낯선 벌레들을 발견했다. 식물을 연구하니 벌레들도 친숙하지만, 이 것들은 지나치게 크고 화려하고 아주 살져 있어서 거 부감이 들었다. 언뜻 본 속 날개의 수가 내 기억과는 다른 것들도 있었다.

생물의 크기는 흡수하는 영양분에 비례한다. 곤충 들이 유성의 오염에 직접 노출됨과 동시에 변이식물 들을 섭취하여 더 큰 영향을 받은 걸까. 나는 전공자 가 아니어서 그것들이 정확히 어떤 종이었고 어떻게 변한 건지 가늠하기 어려웠지만, 만지거나 물리지 않 는 게 좋겠다는 판단은 들었다.

시골 사람이 보여주었던 화려한 색깔의 꽃과 내부 에서 빛이 뿜어지는 듯한 광택을 지닌 열매들은 보이 지 않았다. 하지만 다른 이상한 식물들이 충분히 많 았다. 어떤 식물은 한여름에 등에 맺힌 땀방울만큼 이파리들만 무성하고, 어떤 군락은 혼자만 겨울인 듯 바짝 말라 있었다. 노인은 황무지에서 겨울에도 꽃이 피고 씨앗을 날렸다고 했다. 바람이 없는 한밤중에도 빛나는 씨앗들이 사방에 날아다니는 모양이 마치 허 공에 빛나는 눈들이 떠다니는 것 같았다고. 그건 어떤 나무일까? 둔덕 아래 좁은 수로에 머리를 풀어 헤친 여자처럼 무성한 가지를 드리운 버드나무들이 보였다. 버드나무는 꽃가루를 어마어마하게 날리는 종이다.

들불처럼 퍼져 나간 씨앗들이 얼마나 이상했는지 주민들은 불을 놓아 밭을 태우고 그해 농사를 포기했다. 하지만 다음 해에도, 그다음 해에도 식물들은 정상으로 돌아오기는커녕 변이가 심해져서 더 이상 희망을 가질 수 없었다. 주민들은 제대로 먹고살기 위해 땅을 버리고 떠났다. 제대로 먹고살 수 없는 사람들이 그 땅에 깃들었다 스러지고, 머물다 달아나기를 반복했다.

'그 집 우물이 제일 이상했수.'

노인의 말이 떠올랐다. 나는 주변을 한 바퀴 돌아 수풀이 무성한 가운데서 버려진 우물을 찾아냈다. 덮어놓았던 뚜껑은 오래전에 썩어 허물어지고 누름돌이 아무렇게나 팽개쳐져 있었다. 우물 구덩이는 아주 깊어서 한참 내려다본 아래에서 살짝 출렁이는 게 보였다. 빛 한 점 들지 않는 깊은 우물 속에서 물비늘이 무지갯빛으로 반짝이고 있었다. 등에 고인 땀방울이

✳

우물 속의 색채

선득하게 식었다. 오염된 우물에 기름이 흘러든 걸까? 목덜미를 문지르며 돌아서는데 크게 출렁이는 소리가 들렸다. 돌아보았지만 아무것도 없었다. 우물물 가장자리만 반들반들 빛났다. 나는 약간 겁먹은 채 서둘러 그곳을 떠났다.

나훔네 가족이 어떻게 됐는지 노인은 구체적으로 말하기를 꺼렸다. 입담을 즐기는 사람들은 끔찍한 일을 더욱 구체적으로 세세하게 말한다. 노인은 그런 사람이 아니었다. 그래서 나는 그의 말을 믿었다.

차곡차곡 채집통을 채우다가 앉을 만한 그늘이 보여서 방수포를 깔고 둔덕을 중심으로 채집 지도를 그렸다. 채집물에 번호표를 붙이고, 지도에는 발견한 곳에 표시를 했다. 일단의 정리를 마치고 노인이 싸준 도시락을 먹었다. 찐 감자와 양배추 이파리에 싼 달걀 두 알이었다. 나는 달걀을 먹고, 양배추 이파리도 먹고, 감자 껍질과 달걀 껍질을 발치에 긁어모았다. 쓰레기를 미생물이 분해하도록 흙으로 덮고 나자 사방이 푸르스름하게 느껴졌다. 어느새 해가 지고 바람이 술렁대고 있었다. 우물 너머 말라빠진 단풍나무들이 서로 가지를 비비며 어두워지는 하늘에 시커먼 상처 자국들을 그었다. 공기의 밀도가 그물처럼 촘촘해지며 사방을 짓눌렀다. 뭔가가 오고 있었다. 어떤 특별한 시간, 싹이 트고 꽃이 벌어지는 것처럼 극적이고 농밀한 순간이 시작되는 걸 본능이 감지했다. 특정한 장소와 특정한 시간이라는 조건이 갖춰지자 다른 세상으로 통하는 문이 삐거덕 열린 것 같았다. 말라죽은 단풍나무 뿌리 근처에 희미한 빛 안개가 떠돌았다. 아까는 아무것도 없었다. 그 빛은 어둠이 깊어질수록 점점 밝게 달아오르더니 뚜렷한 형태를 갖추었다. 버섯이었다. 나는 눈을 의심했다. 버섯은 아주 다양하고, 어디에서나 자란다. 어떤 버섯은 반나절 만에 자라나 갓을 틔우고 포자를 퍼뜨리기도 한다. 하지만 이토록 빠른 시간에 자라는 버섯은 처음 보았다. 진주알 같은 질감과 광택도 이상했다. 아마존 밀림에는 특정한 조건하에 빛을 내는 편광목들이 있긴 했다. 대개 내부에 빛을 내는 곤충류가 서식하거나 특수한 조건하에 주변의 빛을 반사하는 경우로, 스스로 빛을 내는 식물은 보고된 적이 없었다. 나는 나뭇등걸 아래 몸을 웅크리고서 얕은 덤불을 살살 헤쳤다. 반짝이는 포자가 요정의 가루처럼 피어오르며

45

우물 속의 색채우물 속의 색채

황금빛으로 물결치는 버섯 군락이 나타났다. 버섯갓은 광대버섯처럼 알록달록한 점무늬가 있는 반투명한 금빛이었고, 진주알 같은 몸체는 어두워질수록 투명해지며 찬란히 빛났다. 황홀한 빛이 말간 버섯기둥 속을 맥동하며 떠다니는 모습은 마치 살아 있는 오색 물고기 같기도 하고, 크고 아름다운 오팔 같기도 했다. 나는 한동안 멍하니 그것을 보고 있다가 정신을 차리고 채집 도구를 꺼내 들었다. 가방이 꽉 차 있었지만, 가늠 끈을 풀면 얼마든지 공간을 만들 수 있었다.

손안에 닿는 버섯의 촉감은 어린 동물처럼 보드랍고 미온해서 자르는 순간 붉은 피가 뚝뚝 흐를 것 같았다. 다행히 피가 아니라 금빛 수액이 잘린 부분에 살짝 고였다가 사라졌다. 안에 맥동하던 색채도 같이 꺼졌다. 마치 동물이 죽은 것 같았다. 식물은 동물과 달리 일부를 잘라낸다고 생명이 완전히 꺼지는 일이 드물어서 기분이 이상했다. 나는 버섯의 외관을 천천히 뜯어보고 맥동하는 색채를 손상시키지 않도록 채취할 방법을 고심했다. 뿌리 일부와 함께 떼어내면 괜찮을까. 절단하기에 적당한 마디 부분을 찾으려고 뿌리를 헤집는데, 갈수록 균사망이 촘촘하게 얽혀와서 좀처럼 떼어낼 부위를 찾기가 어려웠다. 허옇게 드러난 균사망은 맥동하는 생물의 뒤엉킨 혈관 같았다.

'이건 버섯이 아니야.'

갑자기 등골이 오싹했다. 이건 버섯이 아니라 버섯으로 위장한 무언가의 일부다. 먹잇감을 끌려고 빛나는 작은 촉수를 흔드는 거대한 아귀와 같은. 나는 발밑에 보이지 않는 거대한 존재가, 마치 고대의 세계관에 그려진, 땅을 받친 거대한 뱀이 버섯처럼 생긴 수만 개의 촉수를 내밀고 있는 것 같은 착각을 느꼈다.

'나훔댁이 말했수. 뭔가 이상하다고. 그런데 아무도 듣지 않았다우. 그냥 여편네가 과민하다고 입방아나 찧었지. 그 뒤로 나훔댁은 아무 말도 하지 않게 되었수. 그 마음을 나두 아우. 우리는 모두 닥치고 살아왔지. 무슨 말을 해도 우리 말은 지나가는 수다고 과민하거나 미쳤거나 아무튼 제정신이 아니란 소리만 들으니까.'

노인의 목소리가 뇌리를 후려쳤다. 계곡에 고인 침묵이 사방을 울리며 틀어막힌 말들이 비통하게 메아

✳

우물 속의 색채

리쳤다. '내가 계속 말했지. 위험하다고. 그런데 너는 듣지 않았어. 내가 늙은 여자여서.'

나는 버섯에서 손을 떼고 조심스레 뒷걸음질 쳤다. 발밑에서 오색 포자가 솟구쳤다. 빛나는 구름 속에 갇힌 기분이었다. 너무나 찬란한 꿈같고 너무 무서운 현실이었다. 그 안개 너머에서 뭔가가 꿈틀대며 내 쪽으로 뻗어오는 게 보였다. 땅속에서 솟구친 버섯갓을 단 수백 개의 촉수가 내 몸과 팔과 다리와 머리를 휘감았다. 아주 느린 동작이었는데도 달아날 수도, 빠져나갈 수도 없었다. 나는 빛나는 늪 속에서 발버둥 쳤다.

'괜찮아요?'

누군가 부르는 것 같았다. 입과 코와 눈이 빛나는 포자로 가득 차 뜨고 감을 수도, 소리를 낼 수도 없었다. 산 채로 매장된 몸 안에 빛나는 흙이 차곡차곡 차오르는 것을 느끼며 나는 정신을 놓았다.

✳

우물 속에 사는 것

✴

햇살이 어둑한 부엌 벽에 긴 빛과 그림자를 그었다. 나는 침대에 누운 채로 기울어진 부엌 천장을 멍하니 보았다. 여기가 어디지? 오래 꿈을 꾼 거 같았다. 빛나는 씨앗들이 하늘을 떠다니며 나를 노려보고 있었다. 씨앗들은 창가에도 소복이 쌓여 집안을 들여다보면서 안으로 들어오려고 했다. 들어와서 어쩌자는 걸까. 씨앗들에선 번뜩이는 살의와 명백한 굶주림이 느껴졌다. 씨앗들이 날아온 숲에는 깨진 알껍데기가 남아 있었다. 미처 태어나기도 전에 호기심과 욕심으로 갈기갈기 찢긴 알 속의 존재는 원한에 사무쳐 흩어졌다. 완전히 소멸한 건 아니었다. 일부를 잘

✴

우물 속의 색채

라도 죽지 않는 식물처럼 흩어진 조각은 지상에 있는 생명체 속에 깃들었다. 그리고?

나는 눈을 껌벅였다. 온몸이 두들겨 맞은 것처럼 아팠다. 끙, 하고 몸을 뒤척이자 작업복에 달린 두툼한 주머니들 때문에 몸이 배겼다. 정신이 번쩍 들었다.

"깼어요? 괜찮아요?"

젊은 남자 목소리였다. 문간에 빛으로 이지러진 그림자가 서서히 형태를 입었다. 나는 주변을 둘러보았다. 노인의 부엌이었다.

"어떻게…"

목이 아파서 소리가 잘 나오지 않았다. 입안에 잔뜩 먼지가 낀 거 같다. 침대 밖으로 발을 내딛는데 오래 앓은 것처럼 온몸의 힘이 쭉 빠졌다. 그 와중에도 가방이 보이지 않았다.

"내 채집통…"

억지로 소리를 내자 목을 갈퀴로 긁는 것 같았다. 마른 남자가 나를 부축해 침대에 기대주고 물을 가져다주었다.

"여기."

물을 마시자 바짝 마른 식물이 비를 맞고 이파리를

펴듯 팔다리에 피가 돌고 힘이 좀 생겼다. 마지막으로 본 버섯 군락이 떠올랐다. 환각 버섯에 홀려 벼랑이라도 구른 걸까?

"어떻게… 된… 거예요?"

목은 여전히 아팠다. 감각이 돌아오자 통증도 심해졌다. 어깨는 멍든 것처럼 아팠고, 다리 사이가 쓰라렸다. 기분이 아주 나빴다.

"마의 황무지에 쓰러져 있었어요."

마른 남자가 말했다. 그가 내게 도라지 조각을 내밀었다. 그제야 나는 그를 알아보았다. 시외버스 앞자리에 앉았던 수도사업 조사원 중 하나였다. 얼마나 시끄럽게 굴었던지 그들이 하는 일과 행선지, 전날 먹은 반찬까지 버스 안에 있는 모두가 다 알 정도였다. 나는 그들 중 말수가 적고 기침이 심한 남자에게 말린 도라지 조각을 줬다.

"껌처럼 씹으면 기침이 덜해요."

나도 울렁증을 가라앉힐 겸 씹고 있던 차였다. 그는 얼결에 뿌리를 받아 질겅질겅 씹었다. 그러자 정말로 기침이 멎었고, 그는 짧게 감사를 표했다. 그의 일행들은 낯선 여자를 발견하고 호기심 섞인 야유를

※
우물 속의 색채

피부었다. 나는 눈을 감고 자는 척했다. 누군가 나를 흔들어 깨웠다. 실눈을 뜨고 보니 얼굴에 기름기가 줄줄 흐르는 배불뚝이였다. 일행 중 그의 목소리가 가장 크고 수다스러웠고, 나머지들은 맞장구치는 거였다. 나는 계속 모른 척했다. 그자는 낮게 욕을 씨불이고 일행들에게 돌아가 으스대기를 계속했다. 나는 수도사업소 제복이 그가 입어본 것 중 가장 높은 신분의 옷일 거라고 확신했다.

"거기서 죽어도 아무도 몰라요. 큰일 날 뻔했어요. 마의 황무지는 저수지 공사로 수몰 예정이라 아무도 근처에 안 간다고요."

남자가 말했다.

"저는 식물학자이고 식생물을 연구하는 게 제 일이에요. 그 지역에서 독특한 식생물의 생태가 발견됐어요."

"너무 무모한데요."

그가 혀를 찼다.

"무모한 게 아니라 용감한 거죠."

내가 말했다. 용기, 모험, 무모함은 남자들만 전유하는 자질이 아니다. 흰 피부의 건장한 남자들만이

신처럼 존재하는 세상에서 희지 않고, 남자도 아니고, 어리거나 늙고, 어딘가 불편한 채로 매일매일을 사는 게 얼마나 무모하고 용감한 일인지 그가 아는 날은 결코 오지 않으리라.

"수몰 예정일은 언제예요?"

빛나는 안개 너머에서 꿈틀거리던 섬뜩한 것의 환영이 떠올랐다. 정말로 버섯 군락 아래 괴물이 있었을까. 환각 효과일 거라고 생각했지만 일말의 가능성은 열어두었다. 세상에는 인간이 범접할 수 없는 미지가 존재한다. 그걸 인정하는 건 연구자로서의 겸손이었다.

빛나는 버섯은 독특한 광택을 제외하면 형태와 무늬가 광대버섯과 아주 비슷했다. 광대버섯은 환각 효과가 있는 버섯종이다. 하지만 난 버섯을 먹지 않았고, 채집용 장갑도 끼고 있었다. 냄새만으로도 환각을 일으킬 수 있을까? 모르는 사이 포자를 들이킨 걸까? 황홀하게 빛이 맥동하는 버섯의 모습은 식물이 아니라 동물처럼 보였다. 그게 환각이 아니라 진짜라면? 버섯이 버섯이 아니라면? 자연에는 그런 존재들이 있다. 의태생물. 빛나는 썩은 열매와 이상한 꽃이

53
✱

변이된 식물이 아니라, 꽃과 열매를 의태한 다른 존재라면?

처음부터 다시 완전히 다르게 접근해야 해. 결과에 따라 그 장소를 특이생물 보호 구역으로 지정 요청하거나, 변이를 일으키는 오염 물질이 저수지에 흘러들어 수돗물에 섞여 나갈 가능성을 경고해야 했다.

"수도사업소에서 거기를 저수지로 만들면, 마의 황무지에서 나온 물을 수돗물로 쓴다는 거죠?"

"그렇죠."

마른 남자가 대답했다.

"거참, 조잘조잘 시끄럽네. 깬 거 봤으면 가자고."

우악스러운 목소리가 끼어들었다. 버스에서 나를 꾹꾹 찔렀던 배불뚝이 수도 조사원이었다. 마른 남자가 어깨를 움츠렸다. 나는 그들이 떠나기 전에 급하게 물었다.

"혹시 커다란 가방 못 봤어요? 제 채집 가방요."

마른 남자는 고개를 저었다. 배불뚝이가 말했다.

"뭐야. 목숨을 구해줬더니 감사는 못할망정 보따리를 내놓으라네. 이봐, 정신 차려."

나는 그를 무시했다.

✳

"가방을 꼭 찾아야 해요."

억지로 일어서자 다리가 후들댔다. 마른 남자가 얼른 말렸다.

"좀 쉬고 나중에 찾으러 가요."

"언제 수몰될지도 모른다면서요."

그와 씨름하다가 위 주머니에 넣어놓은 버섯 조각이 툭 떨어졌다. 갑자기 시커먼 부엌 바닥이 불이 당겨진 듯 환해졌다.

"이게 뭐야? 금이잖아!"

배불뚝이가 믿을 수 없는 속도로 버섯 조각을 낚아챘다.

"이거 어디서 났지? 채집한 거야? 설마 마의 황무지에서?"

흥분한 입에서 침이 튀었다.

"그래서 그 가방을 그렇게 애타게 찾는 거군!"

"그건 금이 아니라 버섯이에요. 독이 있을 수도 있어요."

손을 휘둘러 버섯을 뺏으려 했지만, 배불뚝이는 냉큼 물러섰다.

"독은 무슨!"

그가 보란 듯이 버섯을 깨물었다. 순금에서만 생기는 무르게 눌린 자국이 버섯에 남았다. 나는 그가 거품을 뿜으며 쓰러지길 기대했지만 그런 일은 일어나지 않았다.

"누굴 속이려고. 자, 똑바로 말해. 어디서 났지?"

내가 입을 딱 붙이자 배불뚝이가 내 어깨를 움켜쥐고 마구 흔들었다.

"놔요!"

나는 소리를 지르며 그를 뿌리쳤다. 하지만 뜻대로 되지 않았다.

"그냥 말해줘요."

공연히 마른 남자가 어쩔 줄을 몰라 했다. 배불뚝이가 상사인 걸까? 뒤에서 얻어맞기라도 하는 걸까? 둘 다 나와는 아무 상관이 없었다. 겁주고 협박한다고 들을 이유는 전혀 없다.

"저리 비켜!"

"그만해요. 그냥 가요. 제발."

마른 남자는 전혀 도움이 되지 않았다. 그저 쩔쩔맬 뿐이었다. 배불뚝이가 내 몸을 억지로 비틀어 그와 마주보게 했다. 물건이 된 기분이었다.

"내가 그냥 버리고 오자고 했지! 네가 말하게 해. 생명의 은인이니까 네 말은 듣겠지."

"하지만 거기 그렇게 버려두는 건… 그냥 죽으라는 거예요. 사람을 그렇게 해놓고…."

그들은 내가 정신을 잃었을 때 일어난 일을 애기하고 있었다. 나는 귀를 의심했다.

"나를 어쨌다고요?"

배불뚝이는 들은 체도 않고 발을 쾅쾅 구르며 나갔다. 마른 남자가 얼른 뒤따라갔다.

"아무 일도 없었어요. 다 괜찮을 거예요."

그가 말했다. 바로 그 말 때문에 내게 무슨 일인가 일어났으며 괜찮지 않을 거란 걸 알았다. 아랫배가 차가웠다. 나는 화장실로 달려가 옷을 걷어보았다. 내가 모르는 멍 자국이 곳곳에 있었다.

'이게 뭐지?'

이해하는 데 한참이 걸렸다. 아니, 납득이 가지 않았다. 나는 차갑다 못해 열이 오르는 머리를 감싸쥐고 몸을 웅크렸다. 강간 피해는 증명하기가 어렵다. 해낸다 한들 내게는 아무 소용이 없을 것이다. 누구도 내 편이 되어주지 않을 거고 치욕스러운 소문으로

✳

우물 속의 색채

내 명예만 실추될 게 뻔했다. 교수 임용은커녕 강사 직에서도 쫓겨나고 새 일자리를 얻기도 어려워지겠지. 저자들은 아무 죗값도 치르지 않고 수치도 모른 채 아무렇지 않게 일상을 살 것이다. 신도 세상도 모두 남자들의 얼굴을 하고 있다. 그 깨달음이 너무 아파서 뼈가 저렸다.

"교수 양반?"

삐걱삐걱 마루를 밟는 발소리가 들렸다. 나는 얼굴을 씻고 밖으로 나갔다.

"몸은 좀 어떠우? 조사원들은 갔수? 아침에 그 사람들이 교수 양반을 업고 왔을 때 깜짝 놀랐수. 우리 집이 황무지에서 제일 가까웠으니 망정이지, 큰일 날 뻔했수."

큰일은 이미 나버렸다. 울고 싶었지만 웃음이 나왔다. 미친 사람이 된 거 같았다. 내 얼굴을 보고 노인은 서둘러 불을 때고 죽을 올렸다.

"내일 꼭 의사가 올 거라우. 얼굴이 백지장이네. 뭐 좀 들었수? 먹었을 리가 없지. 나도 참 주책이우."

나는 불길이 날름대는 아궁이 앞에 쪼그려 앉았다. 눈에 뜨거운 잔상이 남을 때까지 불을 노려보고 있자니 몸이 덜덜 떨렸다. 너무 분했다.

"저, 손전등 좀 빌려주세요."

내가 부뚜막 옆에 걸린 손전등을 가리켰다. 노인은 밖을 내다보았다. 해가 지고 어스름이 깔리고 있었다.

"지금 진료소에 가게? 괜찮겠수? 혼자 찾기는 어려울 텐데. 같이 가줄까?"

노인은 크고 무거운 손전등을 내려주며 "교수님네들이 두고 간 거라우" 했다.

"아니에요."

나는 진료소로 가는 길을 상세히 듣고 손전등이 켜지는지 확인한 다음 밤길을 나섰다.

낯선 길은 낮보다 밤이 훨씬 험했다. 나는 손전등을 휘두르며 미친듯이 숲길을 걸어서 나홈네 앞마당에 도착했다. 진료소는 애초에 갈 생각이 없었다.

마당은 빽빽한 숲 가운데에 뻥 뚫린 암흑 같았다. 집이 불탄 자리가 희미하게 빛났다. 하늘에는 달도 없었고, 빛을 반사할 만한 건 아무것도 없었다. 그런데 아궁이와 집터가 빛나고 있었다. 가까이 가자 안쪽에 희미하게 반짝이는 색채가 돌아다니는 게 보였다. 손전등을 비추자 전등 빛이 더 밝아서 그 엷은 빛은 수그러들었다. 손전등을 끄면 다시 빛들이 흘러다녔다. 나는 우물과 채집 지도에 그려진 모든 식물들이 빛나는지 하나하나 다 확인하고 싶은 충동을 간신히 억눌렀다. 지금 찾아야 할 건 가방이었다.

나무 모양과 수풀 위치를 보고 이동한 경로를 더듬어갔다. 헤맬 일도 없는 것이, 내가 발견한 변이식물 모두 미미한 빛을 발하고 있었다. 나는 손전등을 아예 꺼버렸다. 숲이 타는 것처럼 환해졌다. 산불은 뜨겁고 붉고 무시무시하지만 이 빛은 차가운 은백색이고 심장 박동처럼 규칙적으로 흐려졌다 밝아졌다. 나는 두려움과 경외감을 느끼며 빛 가운데 서 있었다. 사방에 오색 가루 같은 색채가 떠다녔다. 빛나는 눈처럼 섬뜩하고 아름다웠다. 그것들은 내 주변을 떠돌 뿐 꿈속처럼 공격적인 느낌은 없었다. 나는 빛의 지도를 따라 가방을 찾으러 갔다. 수풀 속에 웅크린 사람 모습이 보였다. 가까이 다가가자 웅크린 몸뚱이는 방수포로 변했다. 내가 바닥에 깔고서 쉬고, 졸리면 덮고, 비가 오면 뒤집어쓰고, 가방이 넘치면 보자기로 쓰던 거였다. 이 근처에 가방이 있을 텐데. 아무리 뒤져도 보이지 않았다. 되는대로 주변을 헤집다가 바스락 밟혀 깨지는 신발 바닥의 촉감에 소스라쳤다. 채집용 유리관이 바닥에 흐트러져 있었다. 손전등을 비추자 가방 속의 물건들이 아무렇게나 나뒹굴고 있는 게 보였다. 저만치에 배가 갈린 시체 같은 가방 껍데기가 팽개쳐져 있었다.

'그자들이 내 가방을 뒤졌어!'

분노가 머리끝까지 치솟았다. 황금버섯을 찾으려는 거였겠지. 하지만 버섯을 채집하기 전이었으니 아무것도 얻지 못했으리라. 가방을 찢은 건 분풀이가 분명했다. 나는 이를 악물고 흩어진 채집물과 가방의 내용물을 주워 모아 방수포로 싸서 묶었다. 단짝과 다름없는 배낭이 찢어진 넝마가 되어 너무 가슴 아팠다. 다행히 가방 등과 어깨끈은 그대로여서 보자기로 싼 커다란 뭉치를 쏟아지지 않게 담고 맬 수는 있었다. 나는 찢어진 곳이 더 벌어지지 않도록 옷핀 몇 개로 듬성듬성 구멍을 여몄다. 혹시나 해서 황금버섯이 있던 자리도 확인했지만 아무것도 없었다. 있었다면 그자들이 몽땅 캐갔겠지. 불행인지 다행인지 근방에 파헤친 흔적은 없었다. 그들이 왔을 때는 버섯이 다시든 후거나 아예 피지 않은 때임이 분명했다.

왜 그런 행동을 했는지 모르겠다. 나는 반쯤 남은
물통을 비우고 우물물을 길어 담았다. 낮에는 시커멓
던 우물 속이 지하에 뜬 달처럼 너무 환했다. 나는 홀
린 듯이 그 물을 길었다. 양동이가 수면에 부딪힐 때
오로라처럼 빛 안개가 피어올랐다가 천천히 침잠했
다. 물병 속에서 살아 있는 생물처럼 요동치던 빛도
천천히 물통 바닥으로 가라앉다가 다시 흔들면 성난
듯이 맥동했다. 언젠가 중국인 가게에서 본, 흰 뱀으
로 담근 술병 같았다. 어두운 술 속에서 살아 있는 듯
한 눈동자와 진주알 같은 비늘이 번뜩였다.

나뭇등걸 너머로 날이 밝고 있었다. 나는 그길로
시외 정거장으로 가서 첫 버스에 올랐다. 운전사는
아침 이슬에 푹 젖은 채로 산그늘에 서 있다가 말없
이 버스에 오르는 여자를 겁에 질린 눈초리로 바라보
았다. 버스에 탄 몇 안 되는 사람들이 전부 나를 힐끔
댔지만, 함부로 입을 놀리진 못했다.

여러 번 차를 갈아타고 학교에 도착한 건 한밤중이
다 되어서였다. 교문을 지키는 경비에게 미리 준비한
담배를 건네자, 경비는 늘 그랬듯 선선히 작은 문을

열어주었다. 밤샘 연구 중인 교수들에게는 자주 있는 일이었다. 만약 그가 안 된다고 하면, 좀 체면 떨어지지만 학생들이 이용하는 개구멍으로 들어갈 수도 있었다.

나는 밤새 연구 장비를 배열하고 조작한 후 표본들을 생존 환경에 넣었다. 식물은 동물처럼 잘라낸다고 바로 죽지도 않고, 조각이 전체와 유사하며, 씨앗이 아닌 가지나 뿌리 혹은 줄기 일부만으로도 다시 번식할 수 있었다. 번식한 모양은 이전 개체와 동일했다. 적당히 물기가 스민 솜을 유리 접시에 놓고 채집한 식물들을 스무 가지로 추려 같은 종류대로 세 조각씩 넣은 배양 접시를 각각 다섯 개씩 만들었다. 순식간에 백 개의 배양 접시가 준비되었다. 모든 일을 마쳤을 때는 아침이었다. 출근한 올드본이 나를 보고 놀랐다.

"또 밤새운 거야?"

그는 얼른 고개를 젓고 다시 물었다.

"아니지, 참. 마의 황무지에서 언제 돌아온 거야?"

그는 차곡차곡 늘어선 배양 접시들을 보더니 한 걸음 물러섰다.

✳

우물 속의 색채

"거기서 뭔가 가져왔어?"

올드본은 아무것도 모르면서 이미 두려워하고 있었다. 나는 내 뒤에 펼쳐진 배양 접시가 몹시 든든했다.

"대출 반납 있잖아? 오늘이 마감일걸?"

올드본은 벽시계를 보더니 어이쿠, 하며 책 한 더미를 지고 사라졌다. 나는 논문 밑에 깔린 책이 더 있다고 말해주지 않았다. 그가 지난번에 내 대출 책을 숨겨서 대출 금지가 풀린 게 얼마 되지 않았다. 원수와 한 연구실을 쓰는 건 살얼음판을 걷는 것과 다를 바 없었다.

화장실에 가서 세수를 하고, 머리를 빗고, 수업에 들어갔다. 제대로 씻지 못해서 향수를 조금 진하게 썼다. 한동안 나는 퇴근도 마다하고 학교에서 살다시피 하며 연구에 매달렸다. 집에 가는 건 씻고 옷을 갈아입으러 잠깐 들를 때뿐이었다. 백 개의 접시에 물과 양분을 주고 기록을 마치면 다음 양분 공급 때가 다가왔고, 또 같은 일과 기록을 마치면 다음 양분 공급 차례였다. 짬짬이 수업을 하고 학생들을 상담하고 나면, 처리해야 할 학교 업무가 산처럼 쌓여 있었다. 나는 수업 외 모든 업무를 실험실에서 처리했다. 일

거리가 많기도 했지만 실험물과 잠시라도 떨어지고 싶지 않았다.

배양 접시의 식물들은 한 개는 물만 주고, 한 개는 그냥 방치하고, 한 개는 물과 고기 조각을 주고, 또 한 개에는 우물물만 주고, 마지막 한 개는 우물물과 고기 조각을 주었다. 가져온 우물물이 많지 않았기 때문에 보통 물과 조금씩 섞어 썼다. 고기 조각을 주자는 생각은 반은 호기심이고 반은 미친 짓이었다. 빛에 의한 변화는 관찰 대상이 아니었기에 햇볕은 모두 동일하게 쬐었다.

변화에는 적절한 시간이 필요하고, 생명체처럼 스스로 변해야 하는 것들은 더욱 더디다. 나는 철저한 인내과 끈기와 성실로 무장하고 매일 똑같은 일을 반복하며 미세한 변화를 기록했다. 그냥 방치한 배양 접시들은 사흘 만에 말라비틀어졌다. 물만 준 접시들은 일주일이 지나자 부패하기 시작했다. 물과 고기 조각을 준 접시들은 이 주를 버티다 죽었다. 우물물만 준 접시와 우물물과 고기 조각을 준 접시에선 뿌리가 나왔다. 두 달째가 되자 남은 접시는 우물물과 고기 조각을 준 것들이었다. 백 개의 접시가 순식간

✷

우물 속의 색채

에 일곱 개가 되었다. 버드나무 가지 두 개, 옻 덩굴 세 개, 야생 무 두 뿌리가 살아남았다. 버드나무와 무는 가느다란 실뿌리가 무성하게 나오고 끝이 연둣빛으로 변하면서 파종 준비가 되었다. 옻 덩굴은 작은 이파리들이 돋아나 유리 접시에 넘치게 자라고 있었다.

나는 실험 식물들을 나누어 일부는 큰 유리병으로 옮기고 일부는 흙에 심었다. 유리병에 담은 건 뿌리를 관찰하기 위해서였다. 우물물이 떨어졌기 때문에 그냥 물과 고기 조각으로 양분을 대체했다. 화분 속의 줄기도 유리병 안의 식물들도 눈에 띄게 길어지고 두툼해졌다. 반대로 나는 꼬챙이처럼 말라갔다. 연구 식물을 돌보고 기록을 정리하느라 거의 먹지도 자지도 못했다. 입맛도 없었다. 가끔 올드본이 밖에서 먹은 수프나 고기, 향신료 냄새를 풍기고 들어오면 입안에 역하고 끈적한 침이 고였다. 그가 연구실에서 샌드위치라도 물면 화장실에 토하러 가야 했다. 올드본은 내가 연구하다가 미쳤다고 생각했다.

"여자가 한 가지에 집중하면 미친대. 자궁에서 미치게 한다잖아."

그는 히스테리의 어원에 대해 혼자만 아는 것처럼 잔소리를 늘어놓았다. 나는 신경 쓰지 않았다. 내 눈은 고기 조각을 탐욕스럽게 감싼, 뒤엉킨 나무뿌리에 고정되어 있었다. 버드나무 가지에서 돋은 새순은 연하면서도 번들대는 광택이 예사롭지 않았다. 버드나무는 알맞은 환경만 갖춰지면 순식간에 뿌리를 내리고 자라나기 때문에 다른 개체들에 비해 변화가 월등히 빨랐다. 나는 자라는 뿌리와 줄기를 조금 잘라서 매혹적이고 불길하게 빛나는 색채가 돌아다니다 사라지는 것을 확인했다. 유성이 어떤 변이를 일으킨 걸까? 마의 황무지에 떨어진 게 보통 유성이 아니라 거대한 우주 생물체의 알이라면? 거기서 나온 게 무엇이든 지상의 식생물과 결합해 새로운 변종으로 태어난 거라면? 알에서 사라진 존재가 지상의 식생물을 의태해 생명을 이어가려고 한다면? 물론 모두 가정에 불과하고 이 실험으로 증명할 수 있는 건 아무것도 없었다. 사람들은 당장 이익이 눈에 보이는 실험에만 열광한다. 오염 물질의 변이에 대한 실험은 누구의 관심도 끌지 못할 것이고 내 이력에도 별 도움이 되지 않을 것이다. 갑자기 절망이 검은 늪처럼 밀

✷

우물 속의 색채

려왔다.

실험체가 금으로 된 버섯이라면? 더구나 환각 효과를 가진 황금버섯이라면, 세상이 뒤집어질 만한 연구가 되지 않을까? 설령 그게 진짜 금이 아니라 해도 자극적인 연구 제목만으로 세간의 관심을 끌기에 충분하리라.

'마의 황무지에 가야 해.'

사실 전부터 가야 했다. 우물물도 떨어지고, 실험 식물 수가 결과를 증명하기에 너무 적다는 생각이 들었을 때 새 표본을 가지러 갔어야 했다. 하지만 도저히 발이 떨어지지 않았다. 거기서 겪은 일도 충분히 나빴고, 너무 쑥쑥 잘 자라는 아름답고 기괴한 일곱 개의 실험 식물이 좀 무서워지고 있었다. 식물들은 익은 고기보다는 날고기에 더욱 뚜렷하게 반응하고, 화분이나 유리병 근처에 파리라도 날아다니면 식충식물처럼 수액을 뿜어서 잡아먹었다. 처음에는 잘못 본 거라고 생각했다. 모기와 파리와 각종 벌레들이 득시글대는 이 더운 여름날, 연구실 창문을 몽땅 열어 놓았는데도 실험실엔 날파리 한 마리도 날아다니지 않았다. 나는 실험용 식물의 탐욕에 두려움과 경외심을 느꼈다.

어느 새벽에는 연구실에서 졸다가 꿈을 꾸었다. 황금버섯이 가득한 벌판을 걷고 있었다. 요정 가루처럼 퍼지는 포자가 잔뜩 묻자, 둥실 몸이 떠올라 하늘을 날 수 있었다. 넓은 세상이 한눈에 내려다보이고, 집중하면 발아래 수풀 속에 있는 작은 벌레나 집 안의 부엌 도구와 아궁이 옆에 놓인 부지깽이까지 보였다. 등 뒤에 있는 하늘은 거대한 구덩이처럼 무시무시하게 검고 깊었고, 섬뜩하게 번쩍이는 별들이 가득했다.

꿈에서 쥐로 변해 거대한 정글 같은 연구실을 돌아다니기도 했다. 꿈속에서도 실험 식물들이 궁금해서 거대한 유리병 근처를 맴돌고 있었다. 그때 웃자란 뿌리 하나가 병뚜껑을 밀고 튀어나왔다. 나는 쥐답게 그 뿌리를 이빨로 쏠았다. 그러자 눈앞에 빛나는 색채가 일렁이더니 입속에 있는 가지가 목구멍을 타고 기어들어 와 온몸의 내장부터 빨아 먹었다.

찌익!

나는 날카로운 소리에 잠에서 깼다. 꿈이 어찌나 실제 같던지 겁에 질려 뛰는 심장이 가라앉지 않았

69

✳

우물 속의 색채

다. 팔과 목에는 소름이 잔뜩 돋아 있었다. 잠깐 세수를 하고 돌아와 시간에 맞춰 관찰 기록을 적는데 유리병 하나가 뚜껑이 열려 있고, 뿌리가 튀어나온 게 보였다. 근처엔 잘근잘근 쥐어짠 털가죽 같은 게 남아 있었다. 길고 가느다란 꼬리에선 시궁창 냄새가 아주 고약하게 났다. 나는 오싹한 공포를 억누르며 쥐 꼬리를 창밖으로 내던졌다. 아래에서 개 짖는 소리가 들렸다.

어느 밤엔가는 유리병 속에 내가 갇혀 있었다. 주위에 똑같은 유리병들이 기둥처럼 늘어서 있고, 그 안에는 내 다른 몸뚱이들이 들어 있었다. 모양은 제각각이지만 모두가 나였다. 내 몸들 중 하나가 물을 마시면 그 물맛을 다른 병 속의 모든 내가 알았다. 칼로 일부를 잘라내면 고통도 모든 내가 알았다. 병 하나의 내가 고통스럽게 죽으면 다른 병 속의 나도 고통을 느꼈다. 하지만 진짜 죽음처럼 모든 감각이 완전히 사라지진 않았다. 전등을 껐다 켠 것처럼 잠깐의 소멸과 각성이 지나간 후, 한동안은 시야가 좁아지고 뭔가 잃어버린 것처럼 허전했다. 하지만 곧 그마저 엷어져 그냥 다시 온전한 내가 되었다. 나이면서 모두이고 모두가 나인 느낌은 마치 순간을 살면서도 영원한 존재가 된 것 같은, 아주 이상하지만 퍽 안심이 되는 기분이었다.

"호프가 저주받은 마의 황무지에서 괴물을 가져왔다면서?"

대학 내에 소문이 돌아다녔다.

"먹지도 자지도 않고 뭔지 모를 소리를 지껄인대. 마녀처럼. 바짝 마른 얼굴이 아주 소름끼치더라니까."

소문은 네발 달린 짐승처럼 고약한 냄새를 풍기며 삽시간에 내 앞에 당도했다. 나는 신경 쓰지 않았다.

슬슬 연구 성과가 눈에 보이기 시작할 무렵이었다. 그날은 수업이 세 시간 연달아 있었다. 쉬는 시간에 과제를 상담하는 학생들까지 줄을 서는 바람에 연구실에 잠깐도 들르지 못했다. 간신히 양분 공급 때에 맞춰 허겁지겁 달려갔는데 실험실이 휑했다. 나는 눈을 의심했다. 실험 중인 화분과 유리병이 몽땅 사라지고 없었다.

처음 겪는 일은 아니었다. 이전에도 연구의 일부가

71

✳

우물 속의 색채

사라지거나 제출한 논문이 누락되거나 공동 연구에서 내 이름이 빠져 있는 일들이 있었다. 범인을 색출하면 순수한 장난이라고 치부되는, 불이익을 끼치려는 의도가 명백한 사고들이었다. 그후로 나는 남들은 피하는 모든 마무리 작업을 떠맡아 최종 제출을 하고, 남들이 하지 않아도 되는 접수 확인과 이름 등재 확인을 몇 번이고 해야 했다. 모든 일이 남들의 세 배였지만 경력에 아무 도움도 되지 않는 것들이었다.

나는 미친 듯이 온 학교를 뒤지다 소각로에서 꺼멓게 그을린 유리병과 화분들을 발견했다. 유리병 안에는 잿더미가 눌어붙어 있었다.

누구 짓일까.

이 많은 것들을 한꺼번에 옮겼다면 분명 본 사람이 있을 거다. 나는 만나는 사람마다 캐물었지만 다들 아무것도 못 봤다고 얼버무리거나 그냥 무시하고 가버렸다. 분노와 절망이 뒤엉킨 나무뿌리처럼 가슴에서부터 팔다리로 퍼져나갔다. 그 뿌리가 닿는 곳마다 체온이 사라지고, 입안에 서리가 낀 것처럼 차가운 숨이 나왔다. 아무도 내게 진실을 말해주지 않았다. 누구도 나와 정의를 구현하려고 하지 않았다. 진실과

정의란 그들만의 것이었다. 나는 그들이 아니었다.

연구실에 앉아 불에 눌어붙은 유리병을 들여다보고 있자니 하루종일 올드본을 못 보았다는 생각이 들었다. 꼴도 보기 싫지만 한 연구실을 쓰는데 마주치지 않는 편이 이상했다. 유리병 안에서 나는 고약한 냄새는 썩은 고기를 태운 것처럼 지독했다. 식물의 잔해인데 왜 동물 같은 냄새가 나는 걸까. 그런데 이상하게도 그 냄새를 맡자 더부룩하던 속이 가라앉았다. 나는 무심결에 아랫배를 만졌다. 생리를 언제했더라. 매일매일 마의 황무지에서 가져온 식물들을 연구하느라 시간이 어떻게 지나는지, 내 몸이 어떤지 까맣게 잊고 있었다. 생리는 한 달에 한 번 최소 닷새에서 심하면 보름에 걸쳐 생식기에서 피가 나는 일이다. 너무 아프고 불편해서 언제 했는지 까먹을 수도 없고 정확히 시작하는 날짜도 알 수 없어서 늦어지면 초조하기 그지없었다. 마지막 생리는 마의 황무지에 다녀오기 전이었다. 넉 달 가까이 생리가 없었다. 시커먼 공포가 심장을 할퀴었다. 한두 달쯤은 늦거나 거를 수도 있었다. 건강이 나빠지거나 너무 힘들게 일하면 종종 그랬다. 하지만 이렇게 길게 거르는 일

73

✳

우물 속의 색채

은 없었다. 변이식물을 가져왔던 시골 사람이 생각났
다. 나는 출산에도 목숨을 걸어야 하지만, 유산에도
목숨을 걸어야 했다. 월경도 임신도 맘대로 하는 것
이 아닌데, 출산도 낙태도 나에겐 선택권이 전혀 없
었다. 사회와 종교는 낙태를 금지했고, 의술도 턱없
이 부족해서 아이를 낳다가 죽는 여자가 부지기수였
다. 그런데 아이를 낙태하다가 죽는 경우는 그보다
훨씬 많았다. 그래서 그는 넷이나 아이를 낳게 된 거
였다.

　나는 미혼이었다. 출산한다면 목숨은 보전하겠지
만, 죽기보다 더한 삶을 살게 될 것이다. 세상의 손가
락질을 받으며 직장에서 잘리고, 다른 곳에 이력서를
내밀 수조차 없게 될 거였다. 내가 할 수 있는 일이란
입에 풀칠하기도 어려운 허드렛일뿐이었다. 그걸로
아이와 먹고살 수 있을까? 가능하다 한들, 일을 하느
라 아이를 돌볼 시간이 없을 거고, 아이를 돌본다면
일을 할 수 없게 될 터였다. 아이를 데리고 일할 수
있는 직장은 아무 데도 없었다.

　사실 아기를 낳는 일은 아주 단순했다. 그냥 번식
기능을 가진 개체가 번식하는 일일 뿐이다. 그런데

거기에 사회와 종교와 남자가 끼어들면서 몹시 복잡해졌다. 왜 인간은 식물처럼 암수 한몸이 아닌 걸까. 그랬다면 아무 문제도 일어나지 않았을 텐데.

창문 너머로 너무 선명한 햇빛을 보다가 학교를 나와 역까지 걸어갔다. 낡은 시외버스와 승합차를 갈아타며 요금을 지불하자 주머니에 남은 돈이 없었다. 나는 매표소에 길을 물어 은행에서 돈을 찾았다. 준비한 일정이 아니고 무작정 나선 길이라, 반도 못 왔는데 이미 날이 저물었다. 나는 근방에 있는 깨끗해 보이는 여관에 방을 빌렸다.

"식사를 하실 거면 오른쪽에 식당이 있어요. 밤늦게도 간단한 음식이나 술과 커피를 주문할 수 있어요."

여관 직원이 말했다. 말꼬리처럼 단단하게 올려 묶은 머리카락과 주근깨가 가득한 뺨이 활기차고 꼼꼼해 보였다. 나는 그에게 숙박비와 별도로 지폐 한 장을 건넸다.

"자물쇠가 튼튼한 방으로 주세요."

역에서 내리자마자 질척거리며 달라붙는 시선들이 있었다. 지금은 사라졌지만 조심해서 나쁠 거 없다.

그런 자들은 사람들의 눈을 잠시 피해 있다가 사냥감이 혼자되길 기다려 다시 오는 경우가 흔했다. 여관 직원은 열쇠를 쥐고 직접 나를 안내해주었다.

"이 방은 자물쇠가 세 개예요. 그리고 저 서랍 밑에 큰 종이 있어요. 원래는 화재경보용인데 꼭 필요할 때 쓰세요."

나는 그에게 감사의 표시로 지폐 한 장을 더 주었다.

"푹 쉬세요. 아침은 여섯 시부터 돼요."

그는 푸짐한 팁에 감사했다. 나는 안전을 확보한 것으로 그에게 감사했다.

밤이 깊어지자 방 앞을 오가는 거친 발소리가 들렸다. 잠긴 방문을 벌컥 미는 진동에 선잠이 깼다. 평소라면 낯선 곳에선 뜬눈으로 지새우는 것도 어렵지 않은데, 요즘은 도저히 졸음을 견딜 수가 없었다. 억지로 눈꺼풀을 밀어 올리고 협탁에 올려둔 종을 꼭 쥐었다. 잠깐 잠들었던 것 같다. 조용히 달각이던 문에 갑자기 꽝, 하고 커다란 것이 부딪혔다. 나는 벌떡 일어나 종을 세게 흔들었다. 깜짝 놀라 후다닥 달아나는 발소리가 들렸다. 곧 누군가 쿵쿵 문을 두드리며 항의했다. 나는 쥐죽은 듯 아무 대꾸도 하지 않았다. 문을 두드린 사람은 착각이라고 생각했는지 다른 방문도 몇 개 두드려 항의하고 사라졌다. 그날 밤은 아주 푹 잤다.

배가 몹시 고파서 속이 뒤틀리는 느낌 때문에 잠에서 깼다. 1층으로 내려가 커피 한 잔과 달걀과 빵 한쪽을 주문했다가 전날 구운 빵의 눅눅한 냄새에 울렁거려서 멀건 커피만 간신히 들이켜고 낡은 시외버스에 올랐다.

마의 황무지는 시간이 멈춘 것 같았다. 넉 달이다. 계절이 바뀌기에 충분한 시간이었지만 그곳의 나무들은 여전히 너무 푸르거나 바싹 말라 뒤틀려 있었다. 유성이 떨어진 곳에 도착했을 때는 점심 무렵이었다. 배는 고프지 않았다. 목이 많이 말랐다. 입안에 가득 먼지가 낀 기분이었다. 근처에 우물이 있었지. 나는 식물들에게 줄 물을 길어 빈 통에 담았다. 친절한 여관 직원에게 얻은 튼튼한 물통이었다. 그는 여관 방문객들이 두고 간 거라며 한사코 돈을 사양했다. 비단결 같은 색채가 찰랑이는 물은 너무나 아름

✳

우물 속의 색채

답고 달콤해 보였다. 이 물을 마시면 나도 변할까? 나는 잠시 손안의 물통을 들여다보다가 다시 걸었다.

계절이 바뀌어서 나무와 수풀의 형태가 달라졌지만, 변이식물들은 여전히 처음 본 모습 그대로여서 찾기 쉬웠다. 그냥 나선 길이라 채집 도구를 제대로 갖추지 못했지만, 주머니칼과 손수건 정도는 항상 지니고 있었다. 그거면 오늘 목적을 이루기엔 충분했다. 황금버섯. 그것만 가져가면 모든 문제를 해결할 수 있다. 파괴당한 연구보다 더 주목받을 수 있고, 만약 정말로 순금이라면 내가 가진 아주 많은 문제도 해결할 수 있었다. 학교를 그만둬도 먹고살 수 있고, 혼자 연구할 실험실을 얻을 수 있고, 중절을 도와줄 실력 있는 의사를 섭외할 수도 있고, 몰래 아기를 낳아 기를 수도 있었다.

나는 몸을 웅크려 수풀을 헤집었다. 배가 자꾸 꾸륵대서 편치가 않았다. 잠시 쉬려고 일어서는데 두툼한 손이 등을 확 떠밀었다. 나는 고꾸라져서 그대로 덤불에 얼굴을 처박았다. 따가운 가지와 이파리가 얼굴을 할퀴고 눈을 찔렀다. 비명이 절로 났다.

"거봐! 내가 다시 온다고 했지! 매일매일 기다렸다

고!"

등에 올라탄 거대한 몸통이 옴짝달싹 못하게 나를 짓눌렀다. 숨이 막혔다.

"말해. 황금버섯은 어딨지?"

배불뚝이의 목소리였다. 눈앞이 가물가물해지는데 우악스러운 손이 머리채를 잡아챘다.

"말하라고!"

말을 할 수가 없었다.

"좀 놔줘요. 숨 막혀 죽겠어요."

마른 남자의 목소리도 들렸다. 짓눌린 몸이 풀리며 숨 쉬기 조금 편해졌다.

"황금버섯은 어딨지?"

배불뚝이의 목소리가 약간 부드러워졌다. 입을 열자 소리보다 기침이 먼저 튀어나왔다. 목 안에 먼지가 잔뜩 쌓인 느낌이었다. 몇 번 침을 모아 뱉었지만, 입안이 서걱거리는 느낌은 사라지지 않았다. 몸 안에 모래가 가득 찬 것 같았다.

"물…."

"물을 찾아봐" 하는 소리가 들렸고, 곧 미적지근한 액체가 입술에 닿았다. 나는 물병을 쥐고 꿀꺽꿀꺽

✳

우물 속의 색채

들이켰다. 온몸이 머리끝부터 발끝까지 시원했다.

"황금은 어딨어?"

초조한 목소리가 물병을 빼앗았다. 나는 입맛을 다셨다.

"그런 건 없어."

호된 따귀가 따라왔다.

"거짓말! 독차지할 생각이면 재미없어."

"금이 아니라… 버섯이에요."

말투가 저절로 공손해질 만큼 매서운 따귀였다. 배불뚝이는 주머니에서 순금 버섯 조각을 꺼냈다.

"좋아. 이 버섯이 어딨지?"

연구자로서 약탈자들에게서 식생물을 보호해야 할지 내 목숨을 보호해야 할지 잠시 고민이 들었다. 공포가 더 컸다.

"저기…."

나는 허연 시체들처럼 늘어선 자작나무 군락을 가리켰다.

"거짓말하지 마! 저긴 우리가 다 뒤져봤어."

주먹질이 쏟아졌다. 발길질도 따라왔다. 입안에 피맛이 돌고, 눈앞이 꺼메졌다. 세상은 눈부시게 환했지만 내 눈엔 아무것도 보이지 않았다. 맞을 때 눈을 다친 걸까? 이상하게도 겁이 나지 않았다. 온몸이 텅 빈 채 바싹 말라붙은 것처럼 가볍고 스산하고 모든 감각이 명료했다. 고통은 더욱 선명해졌다.

"어두워져야 보여요."

처음 발견했을 때도 그랬다. 분명히 아무것도 없었는데 어둠이 내리자 버섯들이 등불처럼 밝아졌다. 해가 지려면 시간이 더 있어야 했다. 배불뚝이는 나를 나무둥치에 묶었다.

"아니기만 해봐."

다리와 손발이 천천히 굳었다. 배가 욱신댔다. 숨 쉬는 게 조금씩 더 힘들어지는데 어지럽지는 않았다. 이자는 내가 죽어간다는 걸 알까? 안다 해도 아무렇지 않으리라. 마의 황무지를 지나는 사람은 없기 때문에 내 시체가 발견될 가능성은 희박했다. 나를 찾으러 여기에 올 만한 사람도 없었다. 살인은 감쪽같이 은폐될 거고, 그는 나를 죽이고도 또다시 아무 죗값도 치르지 않을 터였다. 너무 분했다.

시간이 아주 느리게 흘렀다. 배불뚝이는 지루하면 자작나무 숲을 뒤지라고 마른 남자를 닦달했다. 가끔

*

나를 때려서 채근하기도 했다. 죽는 동안 통증은 무뎌질 것 같은데 오히려 새록새록 쌓이며 더 날카롭고 아프게 몸을 파고들었다. 나는 내 안의 무언가가 점점 단단해지면서 껍질을 만들어 몸과 격리되는 것을 느꼈다. 시간은 점점 빨라져서 눈을 깜박이고 나자 해가 저물어버렸다. 사물의 움직임도 감지하기 어렵게 뒤엉켰다. 소리는 번쩍이며 지나가서 알아들을 수 없고, 간신히 입을 벌려도 소리가 이어지지 않았다. 급류 속에 혼자 서 있는 것 같았다.

땅거미가 지고, 하늘에 별들이 명멸했다. 주변에 있는 사물이 점점 희미하게 보이는데, 그 빛들만은 온몸이 짜릿하도록 선명했다. 빛나는 포자들이 허공에 날아다니며 요정들처럼 웃었다. 허연 뼈 같은 나뭇가지들이 밤하늘을 할퀴었다. 나는 손을 들어 어둠 속의 등불처럼 떠오르는 버섯 군락을 가리켰다. 배불뚝이도 그걸 보았다. 환호성이 수백 개의 칼날처럼 나를 난도질했다. 주변이 완벽하게 어두워졌다. 나는 죽었다.

변이

✳

천장에서 바닥까지 벽 한가득 거대한 식물의 그림이 그려져 있다. 작고 섬세한 붓자국부터 크고 강하게 찍어내는 방법까지 다양한 기법으로 꾸며진 그림은 강렬한 녹색과 부드러운 연두색, 따뜻한 갈색으로 식물의 시간을 표현하고, 밝은 주황색과 서늘한 푸른색으로 빛과 그림자를 드리웠다. 화사하게 피고 지는 꽃들과 무성한 이파리 밑에는 어두운 검붉은색 뿌리가 사방으로 뻗어나가 천장과 바닥까지 이어졌다. 뱀처럼 굽이치는 큰 뿌리 사이사이로 뒤얽힌 잔뿌리들은 불길한 인상을 남겼다. 하지만 그 때문에 그림 속의 꽃들이 더욱 매혹적으로 느껴졌다.

우물 속의 색채

그림의 광원이 창문 쪽으로 향해 있어서 흐린 날이나 컴컴한 밤에도 이 방에선 맑고 화창한 대낮으로 착각하곤 했다. 우리는 이 방을 시간의 방이라고 불렀다. 여기 있으면 시간이 멈춘 거 같기도 하고, 아주 오랜 세월 덧그려진 그림을 들여다보노라면 긴 시간이 한꺼번에 밀려와서 아득한 기분도 들었다.

그림 속의 꽃들은 흰색, 하늘색, 보라색, 분홍색, 빨간색, 노랑색, 주황색 등 다양한 색으로 군락을 이루었다. 꽃의 색깔이나 피고 지는 상태나 크기는 각양각색이지만 꽃잎의 수와 끝에 날카로운 돌기가 갈라지는 모양은 모두 똑같았다. 나는 특히 왼쪽에 그려진 보라색과 하늘색 군락을 좋아했다. 그 꽃들은 봉오리 안쪽에 밝은 분홍색과 노란색을 덧칠해 저물녘의 막 밝아지는 등불처럼 보였고, 안쪽에는 작은 요정이 살고 있을 것 같았다.

이 그림은 엄마가 그렸다. 나는 가끔 심심할 때 그림 속에 있는 꽃이 몇 송이인지 세러 이곳에 들르곤 했다. 아주 드물게 꽃 모양이 변하거나 숫자가 달라질 때가 있는데 내 착각은 아니다. 그런 꽃들을 발견할 때면 나는 복잡한 기쁨과 애잔한 그리움, 칼날 같은 상실감에 잠시 숨을 멈추기도 했다. 이 그림은 내 가족들, 할머니와 엄마와 이모와 자매들의 가계도였다.

엄마는 무명의 화가로 세상 어딘가에 있을 법한 숲이나 아무 데도 없는, 별들 저편 구름 속에 돋아난 나무와 꽃과 덩굴과 뿌리로 숲을 그리곤 했다. 엄마의 그림을 매혹적이라고 말하는 사람들도 있고, 너무 선명하고 기괴한 초록을 거북해하는 사람들도 있었다. 엄마의 작품은 생전에는 별로 빛을 보지 못했다. 하지만 돌아가신 후에 값이 뛰어서 내가 먹고 입고 공부하는 데 큰 도움이 되었다.

창문을 마주보고 있는 벽 한쪽에서부터 모퉁이를 돌아 이어진 복도는 서가로 꾸며져 있었다. 외할머니는 소설가였고, 약간 이상하고 조금 무섭고 제법 흥미로운 이야기를 썼는데 안 팔렸다. 나는 집이 좁게 느껴지거나 날이 추우면 외할머니의 증정본들을 난로의 땔감으로 썼다. 외할머니의 어머니, 그러니까 내 외증조할머니는 환경부 장관이었다. 외증조할머니는 교수 시절, 수도사업소의 저수지 오염을 고발해서 사회에 큰 반향을 일으켰고, 사회 단체들과 협력

✳

우물 속의 색채

해 오염 지역을 폐쇄하는 데 애썼다. 그 일로 교수직에서는 퇴출되었으나 즉각 정치로 전향해 환경부 장관직까지 올랐다. 외증조할머니는 북극에서 실종되기 전까지 환경 보호와 인류 공존에 심혈을 기울였다. 내 외할머니는 실종된 외증조할머니의 이야기를 괴물이 등장하는 공포 소설로 각색해서 썼다. 물론 주인공이 외증조할머니인 건 우리만 알았다.

나는 붓을 들어 벽 한가득한 식물 그림의 구석에 아주 작게 혈색이 선명한 사람의 잘린 팔다리를 그려 넣었다. 손발에 그물처럼 잔뿌리가 얽힌 모양이 돋은 핏줄 같기도 하고, 막 죽은 시체에 게걸스럽게 달라붙은 식육식물처럼 보이기도 했다. 주변에 핏방울을 몇 개 그리려다가 귀찮아져서 서가에서 안 팔린 할머니의 소설책 중 가장 두꺼운 것을 베개 삼아 창가에 누웠다. 바람이 솔솔 불어서 낮잠 자기에 딱 좋았지만, 자세를 잡고 나니 어쩐지 잠이 오지 않았다. 나는 외할머니의 책을 아무 데나 펼쳤다.

유리병 옆에서 쥐 꼬리를 발견한 후부터 연구 기록 시간을 좀 더 촘촘히 짰다. 내가 식물들의 눈치를 보듯이, 식물들도 내 눈치를 보는 것처럼 느껴질 때가 있었다. 간혹 조용히 서 있다가 문을 열면 몰래 놀고 있던 아이들이 숨은 듯한 어색한 정적이 흘렀다. 일부러 영양 공급을 멈춘 기간도 있었는데, 식물들이 갑자기 더 통통해진 적도 있었다. 나는 교내를 돌아다니던 들개가 그즈음부터 보이지 않는다는 걸 나중에야 깨달았다.

마의 황무지로 떠나기 전에 정신없이 어질러진 책상 위에서 손전등을 찾아 가방에 넣었다. 농사일 외엔 딱히 수입이 없는 노인에게는 귀한 재산이었다. 마의 황무지 길목에 있는 낡은 집 문을 두드리자, 늙고 바랜 종잇장처럼 보이는 노인이 문을 열었다. 그는 처음에는 나를 알아보지 못했다.

"누구요?"

"오랜만에 뵈어요."

노인은 본능적으로 문을 닫으려 했다. 나는 문 너머에 있는 그가 뭘 느끼는지 보았다. 노인에게서 풍겨 나온 경계와 불안이 푸르스름하게 떠밀려왔다.

"교수 양반?"

나는 경계심을 흐리는 마른 낙엽처럼 상쾌하고, 순

면처럼 부드럽고 안락한 향기를 풍겼다. 이 몸은 그런 걸 할 수 있었다. 식물들이 향기로 나비와 벌을 부르고, 고약한 냄새로 해충을 쫓고, 서로만 아는 냄새로 병충해를 경고하는 능력으로, 인간에게도 비슷한 영향력을 발휘할 수 있었다.

"이걸 돌려드리려고요. 늦어서 죄송해요."

손전등을 꺼내는데 마의 황무지에서 채집한 식물들이 딸려 나왔다.

"저건 다 뭐요?"

노인이 바닥에 떨어진 식물들을 가리켰다.

"마의 황무지에서 가져온 것들이에요."

내 말에 문을 쥔 노인의 손에 힘이 들어갔다. 나는 몸을 굽혀 바닥에 떨어진 채집물을 조심스럽게 손수건에 싸 넣었다. 경건하기까지 한 내 태도에 노인의 경계가 좀 누그러졌다.

"밤새 거기 있었수? 몸이 얼음장이네. 들어와요. 몸이라도 좀 녹여요."

나는 담쟁이가 덩굴손을 뻗을 때처럼 느리고 조심스럽게 집 안으로 들어갔다. 노인은 감자와 소금을 넣어 뭉근히 끓인 따뜻한 감자죽을 만들었다. 사실 나는 앞이 전혀 보이지 않았다. 이 몸의 눈은 의태일 뿐 전혀 기능하지 않았다. 하지만 피부에 돋은 솜털 끝까지 아주 예민해져서 냄새와 온도와 질감을 구분하고, 눈으로 보는 것보다 더 예리하게 선과 면과 색깔과 명암을 감지할 수 있었다. 눈에 안 보이는 감정이나 기분, 냄새와 소리는 직접 보는 것처럼 선명하게 인지되었다. 보이던 것이 보이지 않게 되고, 안 보이던 걸 보게 되는 것이 혼란스러웠지만, 모든 살아남은 것들이 그렇듯 나도 새로운 몸에 재빨리 적응했다. 이 몸이 진짜 '나'인지, 나란 존재가 생각과 기억에 머무는지 육체에 머무는지, 변이한 나를 이전의 나와 같은 존재라고 정의해도 되는지, 과연 나라는 건 어떤 존재이며 어디서 기인하는 것인지에 대한 철학적인 고찰은 잠시 미뤄두었다. 지금은 이전의 나와 변이한 내가 연속선상에 있다는 것만으로 충분했다.

수분이 가득 찬 따뜻한 냄새가 온 집안을 부드러운 노을빛으로 가득 채웠다. 나는 냄비와 그릇에서 넘실대는 짙고 엷은 온도를 색으로 느꼈다. 뻣뻣한 몸이 약간 풀어지고 입안에 버석거리던 것도 덜해졌다. 노인이 감자죽을 그릇에 덜어 내놓았다. 나는 처음으로

✳

우물 속의 색채

입에 미음을 떠넣는 갓난애처럼 조심스레 국물을 입 안에 떠 넣었다. 이 몸이 뭘 할 수 있고 뭘 못하는지 처음부터 모든 걸 새롭게 배워야 했다. 감자죽은 아 주 맛있었다. 싸늘하던 한기가 덜어지고 햇볕을 잔뜩 쬔 것처럼 몸이 나른하게 부풀었다.

"그동안 잘 지냈수?"

노인이 물었다. 나는 뭐라고 대답해야 할지 잠시 고민했다.

"네."

거짓말이지만 대답하고 나자 정말로 잘 지낸 것처 럼 느껴졌다. 나는 인사도 못 하고 떠난 것을 뒤늦게 사과했다. 노인은 고개를 저었다. 마의 황무지에선 다들 그런다고, 무슨 일이 일어나도 이상하지 않다는 게 그의 말이었다.

"여쭤볼 게 있어요."

나는 두꺼운 이불 속에서 구멍을 내고 말하는 것처 럼 점점 사물이 무뎌지고 멀어지는 것을 느꼈다. 이 몸은 계속 변이가 진행되고 있었다. 아니, 변화하고 성장하며 삶을 살아내는 중이었다. 나는 몸 안에 빛 을 맥동시켜 소리를 만들어서 목구멍으로 냈다.

✳

"뭐가 궁금허우?"

"운석이 떨어졌던 집 말이에요. 그 댁 부인의 성함요."

"내비라우."

노인은 왜 그런 게 궁금한지 모르겠다는 표정이었다. 나훔댁은 그저 나훔보다 먼저 죽은 불운한 아내이자 가여운 아이들의 엄마일 뿐, 따로 이름을 알려는 사람은 없었다.

"부인은요?"

그는 대답을 망설였다.

"내 이름 같은 거 알아서 뭐하우?"

긴장이 따끔한 가시처럼 돋아나 허공에 떠다녔다. 노인도 내비처럼 결혼 이후로 누구도 이름을 묻지 않았고 불러본 적도 없었다. 나는 얼음처럼 차가운 가시의 냉기에 전염되지 않도록 몸을 사렸다.

"연구 논문에 기록해두려고요. 최초의 식물을 발견하는 데 도움을 주신 분들로 이름을 남길 거예요."

여자가, 그것도 농부의 아내처럼 신분이 낮은 여자가 책이나 신문이나 논문 같은 공적 문서에 좋은 방향으로 이름을 남기는 일은 드물었다. 여자가 학자로

✳

우물 속의 색채

이름을 남기는 일도 드물었다. 세상은 여자들이 기록을 남기는 데 협조적이지 않았다. 나는 젊거나 늙었거나, 미혼이거나 기혼이거나, 명예롭거나 아무 명예도 없거나, 뭐든 간에 여자라는 이유만으로 지워지지 않도록 계속 적고, 계속 말하고, 전할 생각이었다. 나는 학교로 보자기를 가져온 시골 여자의 이름을 물어두지 않은 것이 아쉬웠다. 노인은 어색하면서도 기분 좋아 보였다.

"그 연구를 계속하려우? 저수지가 될 텐데?"

"할 수 있는 걸 하려고요. 못 하게 되면 어쩔 수 없고요. 살펴보고 기다리고 기록하는 게 학자의 의무니까요."

갑자기 노인의 색깔이 달라졌다. 푸른색과 붉은색이 혼란스럽게 뒤엉켰고, 긴장의 냄새가 났다. 그가 입을 열었다.

"남편이 마지막으로 나훔네를 보러갈 때 나도 따라갔었지. 남편은 구덩이를 파다 발이 다친 날부터 영 몸이 좋지 않았다우. 그 사람이 먹을 거랑 필요한 걸 실어온 수레와 함께 밖에서 기다리고, 내가 대신 나훔네 가족들을 돌보러 들어갔다우. 나는 내비의 마지막을 보았수. 사람의 형상이 아닌 것이 바닥에 눌어붙어 있었지. 그런데, 그게 내게 말했다우. '빛을 조심하라'라고."

노인의 목소리가 얼음 조각처럼 바닥에 떨어져 차갑게 쌓였다. 그는 기억 속 그 시간 그 자리로 돌아가 사시나무처럼 떨고 있었다.

"무슨 말인지 몰랐다우. 내가 본 게 뭔지도 몰랐고. 꿈이 아닌가 생각했수. 지금도 꿈인지 생시인지 모르겠고. 그 집의 가축들은 정말 끔찍하게 죽었지. 돼지들은 개처럼 앙상하게 마르고, 소들은 돼지처럼 빵빵하게 부풀고, 마지막엔 다들 뚝뚝 살덩이를 떨구었지. 그 비명들…, 너무 무섭고 슬픈 소리였다우."

노인은 여전히 귓가에 쟁쟁한 소리를 떨치려는 듯 고개를 흔들었다.

"밤이 되면 그 집 근처엔 어슴푸레하게 빛나는 안개가 떠다녔수. 거대한 유령이 너울을 드리운 것 같았지. 한겨울에 섬뜩하게 잎이 무성하던 나무들이 싱싱한 여름날에 굶어 죽은 시체처럼 바싹 마르는가 하면, 벌레와 새들을 먹이던 달콤한 수액은 고름 썩은 냄새가 났수. 밀알은 크고 먹음직했지만 속이 텅 비어 있어서 바람 부는 날 구름처럼 우수수 날아가버렸다우."

노인의 목소리가 점점 작아졌다. 나는 가축들의 부패한 피 냄새와 악취를 풍기는 살점들을 직접 보는 것 같았다. 뱃속이 뒤틀렸는데 구역질이 아니라 굶주림이 느껴졌다. 나는 그 허기와 탐욕을 들키지 않으려고 애썼다.

"한밤중에 촛불이나 깃털도 미동이 없는데, 나무들이 가지를 흔들고 몸을 뒤틀며 빛을 내기 시작했지. 유성에서 반짝이다 흩어진 빛이랑 똑같은 색깔이었수. 우물물을 죄다 퍼내고 죽은 아이들 뼈를 건져낸 그날 밤이었다우. 그 마당 주변이 다 그렇게 오색 광택으로 번들댔다우. 나무들은 계속 점점 더 밝아지고, 빛이 강해지고…. 가지 끝에 불을 단 크리스마스 나무들처럼 말이우. 그리고 우물에서 빛이 솟구쳤지. 눈이 멀 거같이 밝은 그 오색 빛깔들이 끓어올라 하늘로 사라졌수. 나훔네와 그 일대는 폭삭 주저앉았고. 용광로에서 불어온 열기가 쓸고 지나간 것처럼 말이우."

나는 그 광경을 또렷이 보았다. 내 몸속의 어떤 부

분이 그때의 기억을 고스란히 갖고 있었다. 바람 한 점 불지 않고 숨소리조차 없는 무서운 적막감 속에서 나뭇가지들이 거칠게 흔들렸다. 간질병에 걸린 것처럼 발작적으로 뒤틀린 줄기로 검은 창공을 마구 할퀴며 뿌리를 타고 올라오는 지독한 공포에 나무들은 미쳐가고 있었다. 발이 있다면 달아났으리라. 하지만 나무들은 그냥 거기서 온몸으로 견디는 수밖에 없었다. 그 색채의 공포를. 뿌리에서부터 타고 올라와 온 둥치를 휘젓고 마침내 가지 끝에 불똥처럼 맺힌 죽음과 파괴와 혼돈과 절망을 그 나무들은 견디었다. 그리고 모든 것이 사라진 마의 황무지에 밤마다 빛을 발하며 움직이는 기이한 식물들이 남았다.

"나훔마저 저세상으로 떠나자, 마을 사람들 모두가 합심해 그 집을 불태웠수. 나는 나훔의 마지막을 보았다우. 빛이 그를 빨아먹었지. 내비의 말이 떠올랐수. '빛을 조심하라'라는 말."

그는 천천히 나를 응시했다.

"근데 그 빛이 당신에게도 있구려."

우리는 말없이 그릇에 말라붙은 음식물을 노려보았다. 노인이 물었다.

✳

우물 속의 색채

"거기서 무슨 일이 있었수?"

정확히 무슨 일이 일어난 걸까. 나도 궁금했다.

그날 밤, 배불뚝이가 나를 죽였고, 빛나는 포자들이 허공에 날아다니며 요정처럼 웃었고, 황금빛 버섯이 어둠 속에서 달아올랐다. 배불뚝이는 버섯을 꺾어 들고 환호했다. 그런데 잠시 후 실망의 냄새가 뿌옇게 피어올랐다. 오래되어 쉰 밥에서 나는 냄새와 비슷했다.

"뭐야, 그냥 광대버섯이잖아!"

버섯은 꺾자마자 그의 손에서 시꺼멓게 쪼그라들었다. 몇 개를 꺾어도 마찬가지였다. 그가 내 몸을 흔들었다.

"이봐, 저 버섯이 맞아? 금이 아니잖아?"

내 몸이 무너져 바닥에 나동그라졌다. 아프지 않았다. 나는 이미 죽었으니까. 다만 내 몸 안에서 다른 것이 그 모든 일을 가만히, 바라보았다.

"뭐야? 왜 말을 안 해?"

그가 내 몸을 걷어찼다. 겁에 질린 마른 남자의 목소리가 들렸다.

"주… 죽었어요."

배불뚝이는 당황하지 않았다. 그는 이 황무지에서는 사람을 죽여도 아무도 모른다는 걸 아주 잘 알고 있었다.

"에이, 썅."

그는 꺾자마자 시꺼멓게 시드는 버섯 군락을 짓밟으며 분풀이했다. 포자들이 오색 빛을 발하며 구름처럼 뭉게뭉게 피어올랐다. 나는 기다렸다. 기다리는 것만이 내가 할 수 있는 일이라는 걸 알 수 있었다. 계획도 연구도 저축도 승진도 없이, 그저 해가 뜨면 팔다리 머리 솜털 끝까지 뻗고, 비가 내리면 온몸의 땀구멍을 열어 들이켜고 곤충들이 찾아오는 순간을 기다려 해야 할 일을 하는 것. 그 일이 뭔지는 몰랐지만 그게 내가 할 일이었다.

포자를 들이켠 배불뚝이가 사지를 비틀며 비명을 질렀다. 피와 살이 썩는 달큰한 냄새가 사방에 퍼지며, 커다란 덩어리들이 뚝뚝 떨어지는 바닥의 진동이 느껴졌다. 마른 남자는 비명을 지르며 달아났다. 과연 얼마나 갈 수 있을까? 나는 내 몸이 키들대고 있단 걸 깨달았다. 흔들림에 따라 대충 걸쳐져 있던 밧줄이 떨어져 나갔다. 바람 한 점 없이 나무들이 춤추

✳

우물 속의 색채

고 있었다. 진통하는 산모가 하늘을 할퀴며 몸부림치는 것 같기도 했다. 나는 늘어진 몸을 일으켰다. 여기저기 아팠지만 움직여지긴 했다. 기다시피 허적대며 우물가로 걸어갔다. 안에 고인 더럽고 시퍼런 물이 꿈틀대며 요동치더니, 찬란히 빛나며 뭉치기 시작했다. 나는 팔을 길게 뻗어 그 구슬을 퍼 올려 삼켰다. 몸이 길어지는 게 별다르게 느껴지지 않았다. 뱃속의 구슬이 따뜻하게 녹아 퍼지는 게 느껴졌다. 우리는, 그 빛과 나는 아주 오래전부터 먼 데서 이미 서로 끌렸다. 내가 버섯을 채취했던 날, 아니 그 붉고 선명한 색채의 열매를 한입 맛본 날부터.

나는 내 몸을 사랑스럽게 쓰다듬었다. 뚱뚱하거나 말랐거나, 키가 크거나 작거나, 얼굴이 작거나 크거나, 코가 지나치게 높거나 낮거나, 팔다리가 얇거나 두껍거나, 늘 결함투성이고 어딘가 불편하고 부정당하는 듯 느꼈던 몸의 모든 기능과 부분들이 그저 온전하고 단단하고 만족스럽게만 느껴졌다.

나는 괴물이 되었다.

무시무시한 일임에도 웃음이 비어져 나오는 걸 참을 수 없었다. 이 상태가 낯설지 않았다. 어차피 전에도 사람이라고 느낀 적은 단 한 번도 없었다. 그래서 상실감이 크지 않고 슬픔도 깊지 않았다.

계속 식물학자로 살 수 있을까?

물론 그럴 것이다. 나는 고깃덩이가 된 배불뚝이의 시체들을 툭툭 걷어찼다. 바닥에 엷게 깔린, 빛나는 포자들이 흩뿌려진 핏덩이에 한껏 달라붙었다. 그것들이 포식하는 게 내 배가 부른 것처럼 뿌듯했다.

느릿한 발걸음이 버섯 군락으로 향했다. 빛나는 뿌리 같은 촉수들이 잔뜩 몰려와 내 뻣뻣한 몸뚱이를 안았다. 동료들에게 환영받는 기분이었다. 우리는 말하지 않고도 의사를 소통했고, 마주 댄 촉수와 피부로 서로의 유기물을 교환했다. 그들은 나도 모르는, 내가 생존하는 데 필요한 것들을 내 몸 안에 넣어주었다. 나는 답례로 내 속에 인간으로서 죽어 썩어가고 있던 부속들을 내주었다. 나는 온몸의 숨구멍으로 냄새를 맛보고, 손끝과 발끝으로 소리를 만지고, 온몸에 난 솜털과 머리카락으로 허공의 수분을 붙잡을 수 있었다. 불어오는 바람이 오색의 띠 같고, 땅속에 흐르는 물길이 밤하늘의 은하수처럼 선명하게 보였다. 사방의 이슬이 등불처럼 빛났다. 발밑에 바스

✳

우물 속의 색채

러지는 흙과 아무렇게나 흩어진 바위가 아늑한 집과 유서 깊은 장대한 건축물인 양 그것들에서 각각 개성과 규칙과 역사를 읽어낼 수 있었다. 불안, 기쁨, 분노, 공포와 열망 같은 감정은 색색의 거품처럼 터졌다. 곤충들이 바스락거리는 소리는 졸업 파티에 참석하기 직전처럼 두려움과 흥분을 동시에 일으켰다.

몸을 움직이는 게 물속처럼 가볍고도 느릿했다. 공기의 밀도와 저항이 고스란히 느껴졌지만, 숨 쉬는 것은 아주 상쾌했다. 전에는 움직이지 않고 가만히 있는 게 어려웠다. 뭐든 읽거나 하지 않으면 초조하고 답답했다. 하지만 지금은 조용히 있으면 갑작스레 세상이 넓어졌다. 인간의 몸이 감지하지 못하거나 무디게 지나쳤던 많은 것들이 이 몸에는 다각적이고 공감각적으로 느껴졌다. 나는 하나였지만 동시에 여럿이었다. 균들은 어디에나 있다. 식물도 어디에나 있고, 색채도 어디에나 있다. 그것들은 과거와 현재, 미래, 모든 곳에 있었고 시간의 순서가 아니라 동시다발적으로, 촘촘한 민들레 씨앗이 바람에 확 펼쳐진 것처럼 사방에 존재했다. 그게 나였다.

"신경 써주셔서 감사합니다. 이만 갈게요. 정말 잘

100
✳

먹었습니다."

나는 노인에게 정중하게 인사하고 식탁에서 일어났다. 노인은 신분 높은 사람에게 절을 받은 것처럼 쩔쩔맸다.

"살펴 가요, 교수 양반."

등 뒤에서 구름 같은 안도감이 밀려왔다.

모든 길이 달빛을 받은 강물처럼 빛났다. 눈은 보이지 않아도, 온갖 색채의 냄새가 파도처럼 펼쳐지고 생명이 다채로운 얼룩처럼 일렁였다. 밤벌레들은 허공에 떠다니는 꽃처럼 아름다웠다. 반딧불이는 찬란한 보석 샹들리에 같았다. 나는 꿀벌이 어떤 모습일지 어서 만나고 싶어졌다. 분명 날아다니는 등불처럼 찬란하고 무엇에도 비할 수 없이 매혹적인 소리와 향기를 풍기리라. 나는 변했다. 나훔네에 떨어진 운석은 우주에서 온 생명체였다. 그 안에 든 색채는 지구의 어떤 것과도 달랐지만 분명 살아 있었고, 생존하기 위한 모든 수단을 강구했다. 그 결과가 나훔네를 죽이고 땅을 오염시키는 결과를 가져왔지만.

우체국이 있는 읍내에 도착했을 때는 옷과 신발은

✳

우물 속의 색채

먼지투성이지만 몸은 한결 더 가벼워져 있었다. 나는 채집한 것을 잘 정돈해 연구실로 부쳤다. 몸이 달라졌다고 해도 거추장스러운 것들은 최소화하는 게 좋았다. 잠깐 생각한 후 작은 소포를 하나 더 싸서 올드본 앞으로 부쳤다. 거기 담긴 포자들은 올드본이 상자 뚜껑을 열기만 해도 그의 코와 입과 눈과 귀와 땀구멍으로 파고들어 그가 불태운 내 일부의 복수를 하리라.

필요한 물건을 몇 가지 사고 안전한 여관에서 몸을 씻고 나자 큰 거울이 아쉬워졌다. 내가 어떻게 달라지고 있는지 너무 궁금했다. 옷가게 주인은 처음에는 옷을 만지지도 못하게 할 기세였다가, 내가 향기를 뿜자 갑자기 태도를 바꾸어 사근사근하게 옷을 골라주었다. 나는 옷값을 치르고 말끔히 씻은 몸에 새 껍질을 걸쳤다.

길을 걸을 때 값을 매기는 남자들의 시선도 사라졌다. 그들은 나를 거의 알아채지도 못했다. 다만 어떤 예민한 사람들은 내가 지나갈 때 어리둥절한 얼굴로 뒤돌아보았다. 나는 원할 때만 적절한 향기를 내서 벌레를 꾀는 것처럼 먹잇감을 끌 수 있었다. 언제 사냥당할지 몰라 벌벌 떨다가 먹잇감들 사이로 유유히 느긋하게 걸어 다니는 기분은 아주 상쾌했다.

수도사업소에 들러 대학 강사인 내 신분을 대고 아컴에 파견 나간 저수지 담당을 찾았다. 현관에 있는 딱딱한 대기 의자에 앉아 잠시 기다리자 사무원이 나와서 무슨 일이냐고 물었다. 나는 그들이 아컴 황무지에서 내 목숨을 구했고, 보답을 하고 싶다고 말했다. 사무원은 조사원들이 아직 외근에서 복귀하지 않았다며 친절하게 집 주소를 알려주었다.

"좋은 일이지만 그래도 개인적인 일은 가능한 한 회사 외 장소와 업무 외 시간에 하세요."

나는 그러겠다고 대답하고 주소를 받아 나왔다. 길을 찾을 때 나보다 먼저 주변 식물들이 향기를 뿜어 길을 알려주었다. 식물은 주소를 읽을 수도 없고 움직일 수 없으니 자기가 있는 자리 외엔 아무것도 모를 텐데, 내가 떠올린 남자들을 그들만의 방식으로 알아보고 어디 사는지도 알려주었다. 나는 식물들이 움직이지 못하는 게 아니라 그럴 필요가 없기 때문에 움직이지 않는다는 걸 알았다. 그들은 쓸데없는 움직임으로 양분을 낭비할 이유가 전혀 없었다. 식물들이 움직이지 않는다고 생각하는 것도 인간들의 무지일 뿐, 그들도 필요한 것을 위해 그들만의 속도와 방향성을 갖고 움직이고 이동했다. 지상에서는 빛과 바람과 향기와 소리와 진동 등 인간이 감지조차 할 수 없는 온갖 매개체로, 땅속에서는 밝은 뿌리 눈으로 곤충 냄새와 토양의 밀도와 성분을 감지하고 화합물을 뿌리거나 흡수함으로써 서로 소통하고 주변을 탐험했다. 나는 그들과 똑같으면서도 걷고 움직였다. 주변 식물들이 나에게 호기심과 애도와 응원을 보내는 게 느껴졌다.

나는 주소에 적힌 낡은 아파트 앞에 도착했다. 여러 사람이 드나드는 곳이라 낯선 사람이 한둘 낀대도 눈에 띄지 않았다. 나는 굽이굽이 계단을 올라 녹색 문 앞에 섰다. 안에서 불안하게 서성대는 발소리와 귀에 익은 기침 소리가 들렸다. 나는 문을 두드렸다. 안쪽으로 문이 열렸다.

"어서 오세요. 콜록."

나는 주변을 한번 둘러보고 아무도 없다는 걸 확인하고 안으로 들어갔다.

"여자… 선생님인 줄… 콜록콜록… 몰랐어요."

나는 내가 운이 아주 좋았다는 걸 깨달았다. 마른 남자는 왕진 의사를 기다리고 있었다.

"기침이 심하시네요."

나는 그를 자리에 앉히고 맞은편에 앉았다. 마른 남자는 나를 전혀 알아보지 못했다. 알아볼 만큼 많이 아는 사이도 아니고, 다른 옷을 입고 다른 머리 모양을 하고 있으니 모를 만도 했다. 보이지도 않는 내 눈은 전보다도 커졌고, 피부는 윤이 났고, 몸은 단단했으며, 움직임은 날렵했다. 보기 좋지만 먹을 수 없는 황무지의 식물들처럼.

"네, 감기… 콜록… 인 거… 같은데… 안 낫네요. 콜록콜록….."

나는 눈이 아닌 다른 감각으로 그에게서 흘러나오는 냄새, 온도, 장기들이 움직이는 속도나 감각기관의 반응들을 살폈다.

"최근에 어디 먼 데 다녀오셨나요? 열병이 유행한다는데 기침 소리가 예사롭지 않아서요."

"지방에 갔었어요. 콜록콜록… 거기… 황무지가 공기가 좀 나빠요. 그리고… 콜록…"

"독버섯을 만지거나 포자를 들이켜진 않았어요?"

✳

우물 속의 색채

그가 갑자기 빤히 나를 보다가 소스라치며 물러났다. 의자가 우당탕, 하고 뒤로 넘어갔다.

"당신… 콜록… 죽었잖아? 콜록…"

"그래."

내가 말했다. 소리가 물먹은 종이에 떨어진 물감처럼 주위의 공기에 퍼졌다.

"너희가 죽였지."

"난… 난 아무 짓도 안 했어. 콜록콜록콜록!"

그의 얼굴이 파랗게 질리다가 점점 하얘졌다. 기침은 거세지고 숨쉬기가 어려워 보였다.

"넌 아무것도 안 했어. 아무것도 안 하고 내가 죽도록 보고만 있었지."

마른 남자는 몸을 벌벌 떨면서도 손으로 더듬더듬 무기가 될 만한 것을 찾았다.

"저리 썩 꺼져! 콜록!"

그가 던진 부지깽이는 정확하게 내 어깨를 후려쳤다.

"아얏!"

쇄골에서부터 팔죽지가 나뭇가지처럼 쭉 찢어졌다. 전체적으로 둔감해져 있기 때문에 아프지는 않았다. 다만 부지깽이가 달궈져 있었기 때문에 뜨거워서 놀랐다. 찢어진 팔이 덜렁이는, 쩍 벌어진 몸뚱이 안에서 진주알처럼 뽀얀 색채를 발하는 포자가 사방으로 피어올랐다. 그가 내게 달려들어 목을 졸랐다. 동시에 방안에 퍼진 포자들이 한꺼번에 그에게 달라붙었다. 숨 쉴 틈도 없이 쏟아지던 기침 소리가 코와 입과 귀와 눈과 항문과 땀구멍까지 틀어막은 빛나는 포자 때문에 끙끙대는 신음 소리로 바뀌더니, 산 채로 살점이 뜯기고, 후벼 파이고, 녹아내리며 끔찍한 비명 소리가 되었다가 마침내 멈췄다. 나는 나이자 내가 아닌 포자들이 먹이의 피 한 방울 남기지 않은 채 배부른 식사를 마치고 내 몸 안으로 돌아오는 것을 반겼다. 왜 다른 식물들이 내게 애도를 보냈는지 알 거 같았다. 나는 움직이는 식물이기 때문에 엄청난 양분이 필요해서 다른 식물들처럼 최소한의 것으로 생장을 해결할 수가 없었다. 나는 내가 두려움을 느끼지도 않으며 통증도 모른다는 것도 알았다. 내가 지나가면 짐승들이 숨을 죽였다. 개들도 짖지 않았다. 그들은 나를 두려워하고 내게 매혹되었다.

이 몸은 변하고 있었다. 앞으로도 계속 변할 것이

107

✴

우물 속의 색채

다. 나는 살아 있고, 진화하고 있었다.

눈앞에서 책이 덮였다. 내가 덮은 게 아니었다. 뒷머리를 바짝 깎아 올린 이가 책을 들고 표지를 천천히 쓰다듬었다.

"이 책이 아직도 남았을 줄은 몰랐네요. 외증조할머니의 일대기에 공포와 환상을 버무린 소설이죠? 별로 안 팔린 걸로 아는데…."

기울어진 모자 밑의 얼굴은 낯설었다. 하지만 그 옆에 얌전히 꼬리를 사려 앉은 고양이는 알았다. 나는 고개를 끄덕이며 그에게서 책을 건네받았다.

"엄마는 외할머니의 소설이 절판되자 판권을 회수하고 다시 팔지 않았어요. 세상에 남은 외할머니 책은 이게 전부예요."

그는 담배를 꺼내 물었다. 달칵 켜진 뜨거운 불에 마음이 움찔했다. 불은 무섭다. 모든 생물이 불을 두려워하지만, 이 몸은 특히 더했다. 빛과 열기에 미친 듯이 끌리지만, 자칫하면 전부를 잃을 위험이 있었다.

"이야기는 사실 거기서 끝나지 않죠. 호프의 어깨는 상처가 너무 커서 다시 붙지 않았어요. 호프는 상

108

✳

처의 괴사가 더 번지기 전에 견갑골과 이어진 팔 한 쪽을 절단했죠. 살아낸 시간만큼 몸에 쌓인 구조가 새로운 변화를 감당할 수 없다면, 식물은 생명을 유지할 최소한만 남기고 나머지를 버리잖아요. 겨울에 낙엽을 떨구는 나무처럼, 제 가지를 잘라버리는 사막의 덩굴처럼요. 그리고 거기서부터 새로 몸을 쌓죠. 잉여 자원이 있거나 특별한 조건이 갖춰지면 번식도 하고…"

거기서부터는 나도 아주 잘 알았다. 호프의 팔은 다시 자랐다. 팔 쪽에서도 호프가 다시 자랐다. 새로 자란 호프는 팔만 크고 몸은 아주 작아서 징그럽고 괴상했다. 잘린 뿌리에서 자라기 시작한 새순처럼. 그 몇 달이 호프가 인간의 삶을 유지하는 데 가장 큰 고비였다. 새순이 큰 팔이 어색하지 않은 크기가 되는 데는 엄청난 양분이 필요했다. 팔인 호프가 제대로 움직이는 데도 시간이 필요했다. 호프는 학교에 휴직계를 제출했지만, 대학은 그를 잘랐다. 몇 달 뒤 호프는 아컴 수몰 예정지에 대한 연구와 기사를 신문에 기고했고 환경학자들과 경쟁 업체의 지대한 관심을 받았다. 그 일로 마의 황무지를 저수지로 만들려는 수도사업소의 계획은 무산되었다. 호프는 남들이 감히 따라올 수 없을 만큼 많은 양의 연구 결과를 끊임없이 발표했다. 아무리 많은 훼방과 시비도 그 빛나는 공적을 가릴 수가 없었다.

"호프는 평생 미혼으로 살다가 말년에 딸을 하나 입양했어요. 그는 호프의 이종사촌 언니의 딸로 젊은 날의 호프와 제법 많이 닮아서 나이 차가 많이 나는 쌍둥이 같다는 말을 자주 들었죠. 그가 이 책의 작가이고, 실은 잘린 팔에서 자란 호프죠."

그가 말했다. 깜박 담뱃불이 빨갛게 타들어가고 부드러운 연기가 방안을 흘렀다.

"당신 외할머니고요."

나는 불안감을 내비치지 않도록 가만히 그의 담뱃불을 응시했다. 불꽃은 계속 피고 지며 형태를 바꾸었지만 나는 그 불빛을 단단한 빨간 가넷으로 만든 칼날처럼 견고하고 위험한 물질로 인지했다.

"호프의 거대한 연구 성과는 몸 호프와 팔 호프 둘이서 이룬 거였어요. 정확하게 그들은 한 정신을 가진 두 몸이었죠. 어떤 버드나무들은 비바람에 가지를 떨구어 강물에 흘려보내요. 그 가지들이 흙에 닿으면 뿌리가 돋고 새로운 버드나무로 자라고, 그 나무들은 정확히 이전 나무와 동일하죠. 우리처럼."

나는 그가 내민 담배를 한 모금 빨았다.

"뭐가 궁금하니, 아가야."

나는 그에게 담배를 돌려주었다. 몸에 남은 긴 연기가 그가 누구인지 어디서 왔는지 누구로부터 비롯되었는지 내게 전했다. 내가 빤 담배를 그도 빨았다. 나는 그가 내 호프의 기억을 속속들이 보고자 한다고 느꼈다.

"어떻게 몸 호프와 그렇게 오랫동안 잘 지냈어요? 기억과 역사를 공유해도, 서로 다른 몸과 정신이잖아요."

그가 물었다.

"지금 너와 나처럼. 너는 꽤 멀리 갔었구나, 딸아. 엠버보다도."

나는 뺨을 비비는 노란 고양이를 안아 올렸다. 엠버는 내 마음속을 가장 크고 환하게 밝히는 호박이었다. 정말로 이 애의 내면은 호박과 닮았다. 시골집 지붕에 얹힌 호박처럼 친근하고 다정하고, 털은 부드럽고 몸뚱이는 건강하고 탐스럽다. 무엇보다 이 애가

111

✳

나온 곳이 진짜 호박 속이었다. 정확히는 그 호박은 호박 형태의 우리였다.

그는 잠시 책 모서리에 담배를 걸쳤다. 아슬아슬 했지만, 둘다 뭐라 말하지 않았다. 그는 핏줄에 흐르는 시간과 기억의 강을 거스르는 중이었다. 몸인 호프와 팔인 호프. 그 둘은 유리병 속에 있는 각기 다른 자기 자신을 보는 것처럼 서로를 보고, 이해하고, 기억과 경험을 공유했고, 각자 행동의 결과를 수용했다. 둘은 때로 싸우기도 하고, 서로 다른 의견을 내기도 했지만, 한 사람이 가지는 내적 갈등들이 외적으로 드러난 것 정도의 차이였다.

"도플갱어를 만나면 죽는다던데요."

그가 다시 담배를 쥐었다. 나는 아까처럼 그 불이 두렵진 않았다. 두려움 없는 그의 일부가 내가 되었기 때문이었다. 그도 아까처럼 아무렇게나 담배를 내려놓지 않을 것이다. 내 일부가 그가 되었으니까.

"거짓말인 건 우리 모두가 알지."

내가 말했다.

"우리가 만나면 서로를 살리기 위해 최선을 다하지. 너도 그래서 여기 왔잖니?"

✳

그는 담뱃불을 휘저었다.

"그 너그러운 노인네 같은 태도는 좀 넣어둬. 같이 늙는 기분이잖아."

우린 킥킥대며 웃었다. 오랜만에 껍질을 떨구고 속살을 펴는 기분이었다.

"너는 우리 중에서 가장 오래되었어. 나는 네 향기를 전해 받기만 했지, 직접 맡게 될 줄은 몰랐어."

그가 말했다. 향기는 우리에게 아주 편리한 신호 전달법이었다. 그걸로 우리는 소리 내지 않고도 아주 멀리 있는 개체에게까지 변질되지 않은 생각과 의식을 직접 전달할 수 있었다. 필요하다면 응축된 향기로 모두가 하나인 양 동시에 같은 순간을 경험할 수도 있었다. 그럴 때면 세상과 격리된 듯 외부의 자극은 멀어지고 감각이 증폭되면서, 영혼 깊은 곳에 뿌리 속으로 되돌아간 듯한 느낌을 받았다.

"그러니까 너는 바람둥이 화가의 딸이지만 실은 소설가 엄마인 거지. 가장 첫 호프."

그는 다음의 나, 그러니까 화가인 내 엄마를 낳은 기억을 끄집어내 어제처럼 생생하게 덧칠했다. 엠버는 내 무릎 위로 올라와 골골송을 부르며 함께했다.

113

✳

우물 속의 색채

호프에게 난 절단 사고 같은 큰 사고가 내게는 일어나지 않았기 때문에, 내 오른손과 내 왼손이 교합하고, 내 왼발과 내 오른발이 교합했다. 대부분의 식물은 자웅동체다. 내 몸은 혼자서도 수분하고 씨앗을 만드는 방법을 알고 있었고, 거기서 나온 개체는 정확하게 나와 일치했다. 나는 아기가 어디에 맺힐지 약간 불안했지만, 일단 얼굴만 아니면 된다고 생각했다. 기대한 것은 원래 임신 기능이 있던 자리였지만, 안타깝게도 내 몸은 인간을 의태한 식물이었고, 아기는 허벅지에 맺혔다. 나는 아주 큰 치마를 입고서 큰 혹 때문에 아픈 척했다. 직업이 소설가였기 때문에 잉태 기간을 비교적 수월히 지낼 수 있었다.

딸을 낳고 나는 오랜만에 둘이 되었다. 나와 새로운 나, 갓난아이는 열흘이 되기도 전에 이미 시각을 갖고 있었고, 나와 똑같은 방식으로 거대한 세상을 인지했다. 작은 나는 작은 몸이 불편해서 자주 짜증을 냈고, 빨리 크지 못해 안달했다. 소설가였던 나는 가짜 결혼 서류를 꾸몄고, 남편은 먼 곳으로 일하러 갔노라고 둘러댔다. 미대륙은 아주 컸고, 아직 한창 일할 장소들이 남아 있었다. 거기서 사고를 당한 남편이 돌아오지 않아서 나는 손쉽게 과부가 되었다.

"첫 호프랑은 어땠어?"

그가 물었다.

"좋았어. 너무 똑같아서 짜증 날 때도 있었지만 대부분 아주 편하고 든든했어."

보통 사람이라면 수시로 느낄 공허감이나 외로움도 없었다. 하지만 엄마는 걷는 식물로 태어난 게 아니라 인간의 껍질에서 변이했고, 엄마가 가진 몸은 지나간 세월을 그리워하고 급격하게 변하는 새로운 것들에 대해 적응력이 자꾸 떨어졌다. 나는 진즉에 나의 시작이었던 팔 부분이 낡아서 떨어져 나가고 새 팔이 돋은 것에 반해, 엄마에겐 몸 부분이 너무 컸다.

"엄마는, 몸 호프는 늙은 나무처럼 어느 날 말라 죽었어. 정확하게 엄마가 죽었다고 할 수는 없지. 내가 있으니까."

내가 엄마인지 나인지 구분하기 어려운 시기도 제법 있었다. 호프도 나와 자신을 구분하지 못했다. 그건 인간의 남은 부분이고, 낡아 떨어질 껍질이나 빛바랜 나뭇잎 같은 생각이었다. 곧 나인지 엄마인지는 우리에게 중요하지 않게 되었다.

✳

우물 속의 색채

"나는 화가의 세 번째 열매가 열두 번째로 맺은 열
매야."

그가 말했다. 나도 알았다. 나는 그 뒤로 새 열매를
맺은 적이 없었다. 모든 아이는 화가인 내가 피운 꽃
과 열매에서 나왔다. 화가는 탐험을 좋아하는 내 일
부가 크게 발현되었다. 팔이고 소설가였던 나는 예전
의 몸 호프처럼 기록하고 관찰하고 기억하는 게 더
좋았다. 화가는 계속해서 새로운 곳을 탐험하고 미지
의 식물을 만나고 싶어 했다. 나는 그가 물감과 붓을
들고 떠나게 두었다. 딸은 나에게 몇 차례 아기 열매
를 보냈다. 그들은 나와 딸과 똑같지는 않았다. 내 눈
앞의 그처럼.

"알아, 화가는 모험심이 대단했어. 매번 새로운 짝
과 짝짓기를 즐기고, 새로운 개체를 만드는 것도 즐
겼지."

나와 같은 시간의 결을 보는 그가 나 대신 말했다.
아기 열매는 매번 사람의 모습을 하지도 않았다. 나
는 그들이 적절한 곳에 심겨 살아갈 수 있도록 최선
을 다했고, 그들도 살아남기 위해 최선을 다했다. 화
가의 인간형 열매 대부분은 환경 운동가와 동물 복지

가가 되었고, 몇몇은 자원 개발 투자로 거액을 움켜 쥐었다. 그 돈들은 우리가 인간들 속에서 인간인 척 하는 데 큰 도움이 되었고, 인간 형태가 아닌 우리의 생존에도 큰 도움이 되었다.

"그 교통사고는 싱거웠어. 요즘은 그런 걸로 신분 세탁 못 해."

그는 내가 표피에 쌓인 주름진 더께를 털고 화가의 딸 노릇을 했던 때를 말하고 있었다. 나는 몸이었던 호프처럼 삶에 지쳐 말라 죽을 생각은 들지 않았다. 하지만 인간은 늙고, 늙지 않는 채로 인간들 속에 숨 어 살기는 무척 어려웠다. 다행히 나는 진화하는 변 종식물이고, 살아남기 위해 의태하는 건 원래 식물이 가진 속성 중 하나였다. 나는 내 표피를 늙은 나무처 럼 두껍고 거칠게 주름이 지도록 내버려두다가 필요 할 때 털어버릴 수 있었다. 소설가인 나는 교통사고 로 죽었다. 시체는 발견되지 않았다. 먼 데로 떠났던 화가가 돌아와 일을 수습했고, 나는 적당한 때에 그 의 친척 딸로 돌아왔다.

"그럼 요즘은 어떻게 해?"

그는 다 타버린 담배를 끄고 라이터를 꺼냈다. 나

✳

우물 속의 색채

는 두렵지 않으면서도 몸을 떨었다. 그가 뭘 하려는지 알았기 때문이었다.

"안 돼."

나는 뭐든 무기가 될 것을 들고 물러섰다. 그는 불을 들고 바싹 다가왔다.

"된다는 걸 알잖아."

물론 알았다. 이제 나는 그이고, 그는 나였다. 나는 벽화를 곁눈질했다. 주황색과 노랑색 꽃들은 가장 많은 내가 축적된 가장 새로운 우리였다. 가장 새로운 우리는 충분한 양분을 섭취한 후 스스로를 분해하고, 전혀 다른 형태로 얼마든지 재구성하며 존재를 유지할 수 있었다. 바로 그처럼.

"싫어."

하지만 이 몸을 지키기 위한 저항을 멈출 수는 없었다. 우리는 같은 나무에서 자란 가지였지만, 동시에 다른 꽃이었다. 내 꽃을, 이 익숙한 몸을 포기하고 싶지 않았다. 나는 손에 잡히는 대로 책을 집어 던졌다. 그는 웃으며 책들 하나하나에 불을 붙여 던졌다. 그중 하나가 물감 통에 떨어져 삽시간에 불길이 커졌다. 그림 속의 꽃들도 환하게 타올랐다.

"여기에 미련 갖지 마, 호프."

그의 향기가 숨 막히게 나를 덮쳤다. 우리는 지금 새로운 방식으로 미지의 세상 혹은 우리가 태어난 태고의 세상으로 여행을 계획하고 있었다. 인간들이 과학적 지식을 토대로 우주선을 만들어 우주 탐험을 시도하는 동안 우리는 스스로를 분해해 빛나는 포자로 만들어 직접 우주로 날려 보낼 생각이었다.

벽이 녹아 흘러내렸다. 불과 연기와 뒤엉킨 물감들이 블랙홀처럼 사물을 빨아들였다. 그는 결국 나를 죽였다. 나는 죽지 않았다. 다만 날카로운 고통과 단절과 흐릿한 미몽의 시간이 지난 후 새롭게 자각했을 뿐이다.

"거봐, 괜찮잖아."

나는 불타는 집을 등지고 어둠 속에서 몸을 가르랑거리는 동시에 담배에 불을 붙였다. 우리는 이제 별들을 향해 떠날 것이다. 홀로 세상 모든 것들을 두려워하던 호프는 완벽한 변이를 이루었다. 나이자 우리는 이제 아무것도 걱정하지 않는다.

119

✳

우물 속의 색채

공감의 산맥에서

박성환

＊

1909-1910 '엘초' 남극 탐험 요약보고서

1

이 보고서를 발간할 의향은 전혀 없지만 나는 어느
날 내 손녀나 다른 누군가의 손녀가 우연히 이 보고
서를 발견한다면 근사하겠다고 생각한다. 그래서 나
는 이 보고서를 로지타의 세례복과 후아니토의 은 딸
랑이와 내 결혼식 구두, 그리고 여태껏 모두들 남아
메리카의 기형적인 박쥐의 피막으로 생각해왔던 검고
매끄러운 가죽 조각이 든 오래된 그러나 튼튼한 트렁
크 안에 넣어 아무도 돌아보지 않을 다락방 맨끄트머

123
＊

리에 놓을 작정이다. 낡고 허름한 이 트렁크는 남극점 바로 근처까지 갔다 온 물건이다. 바로 나처럼.

어렸을 때부터 남극에 가고 싶었다. 열몇 살 때 읽은 쥘 베른의 시시한 단편에 매혹되었다고 인정하기는 죽어도 싫지만, 그 단편 때문에 내가 태어나기 반세기도 전에 북미의 알코올중독 콧수염쟁이가 지은 장편을 읽을 수 있었다는 건 부인할 수 없고, 그, 미완성 장편이 묘사한 환상적인 남극 풍경에 내가 각인에 비견할 수 있을 정도로 충격을 받았고, 그 결과 남극은 내 영혼의 고향이 되어버렸다는 사실 역시, 당시로부터 한 세대가 지난 지금도 부인할 수 없다.

때는 1909년이었고, 당시도 지금과 마찬가지로 돈만 있으면 할 수 없는 일은 없었다. 나와 친구들은 모두 여유 있는 가문에서 태어나 비슷한 배경의 남자들과 결혼했지만, 남극 탐험에 필요한 예산이란 젊은 중산층 부인 몇이 각출해서 마련할 수 있는 것이 아니었다. 안데스 스키 여행이나 다녀올 수 있었으려나. 그 시점에서 사촌 후아나(이 글에서는 모두 실명 대신 임의로 지어낸 이름을 사용하겠다)가 별안간 편지를 보내왔다. 칠레에 사는 친구 카를로타가 복권에 당첨됐

느데 남편은 아직 이 사실을 모르고 있으니 인생에 길이 남을 추억거리를 만들자는 것이었다! 나는 느낌표를 아낌없이 넣은 축하 편지 말미에 살그머니 남극 탐험에 대한 이야기를 써서 보냈다. 그리고 몇 주 뒤 답신이 도착했을 때 나는 봉투를 뜯기 전부터 이 편지가 바로 아직 이름은 정해지지 않은 그러나 반드시 남극에 도착할 탐험대의 시작이라는 강한 확신에 사로잡혔다….

2

그래서 페루에서 온 나와 후아나, 아르헨티나에서 온 조에, 베르타, 테레사 그리고 칠레에서 온 카를로타와 에바, 페피타, 돌로레스로 구성된, 1909년 8월 17일에 칠레의 푼타 아레나스에서 처음으로 모두 모여(오는 도중에 요트가 좌초된 조에도 회합이 거의 끝날 때쯤에는 원주민의 통나무 배를 타고 나타났다) 푼타 아레나스 탐험대라고 스스로 이름 붙인 우리들은, 이후 선박 물색과 대여, 선장 및 선원과의 교섭, 보급 물자 선정과 구매, 운송에 이르기까지 온갖 준비를 하느라 분주했지만, 규모만 다를 뿐 우리 여자들이 항상 하는

*

일이니 여기서는 상세한 내용은 생략하겠다. (이 위대한 일을 소홀히 한, 통조림 하나 제대로 고를 줄 모르는 남자들만의 탐험대가 그토록 수많은 곤욕을 치른 것은 당연한 일이다.) 이듬해 6월에 출항해서 9월 중순에 장벽 위로 물자들을 올리고 10월까지 우리들의 기지, '수다메리카 델 수르'를 완성하기 전까지 로스해를 거쳐 맥머도만과 어라이벌만, 스콧 탐사대의 오두막곳을 둘러본 여정도 마찬가지로 여기에서는 줄이겠다. 글을 읽고 쓸 시간이 많아진 요즈음에는 왜 이리 눈이 침침하고 손이 떨리는지!

어쨌거나 수다메리카 델 수르 주변에서 현지 적응 훈련과 썰매 연습이 끝나자 우리는 본격적으로 남쪽을 향해 보급소들을 설치하고, 나와 후아나와 돌로레스가 속한 1조와 카를로타, 페피타, 조에가 속한 2조, 그리고 기지에 남아 대기할 베르타, 에바, 테레사가 속한 예비조를 구성하고 본격적인 남극점 탐사를 개시했다. 때는 11월 중순이었다.

3

하루 평균 이십 킬로미터 이상의 속도로 우리는 날

마다 남쪽으로, 얼어붙은 남쪽으로 전진했다. 주변은
마치 시간마저도 얼어붙은 듯이 우리가 아무리 전진
해도 결코 바뀌지 않았고, 우리는 슬슬 천천히 뒤로
미끄러지는 빙판 위에서 헛되이 앞으로 나아가고 있
는 것이 아닐까 하는 몽상에, 악몽에, 환각에 사로잡
혔다. 그리고 그러던 중 마침내, 서남쪽에서, 영원한
침묵에 잠겨 있는 산맥들 사이로 거대한 빛의 흐름—
빙하가 보이기 시작했다. 비어드모어 빙하. 우리는
플로렌스 나이팅게일 빙하라고 이름 붙인 빙하를 거
슬러 올라갔다.

4

  그다음부터는 기억이 정확하지 않다. 우리는 중간
중간 비상 피난처를 세우고 끊임없이 위치를 측정하
며 꾸준히 남쪽으로 향했지만, 당시 썼던 일지들은
알 수 없이 토막토막 끊겨 있고, 기록된 좌표는 우리
가 기억했던 것보다 훨씬 더 서북쪽으로 치우쳤으며,
숫자들은 믿을 수 없으리만치 과장되거나 오류가 보
인다. 우리는 분명히 스키를 타고 썰매를 끌었지만,
기록된 것으로만 보면 마치 비행기나, 그에 필적하는

✳
공감의 산맥에서

기계적 도움을 받은 것만 같다. 그리고 우리는 분명히 남극을 향해 갔는데, 왜 좌표는 서북쪽으로, 고원의 가장자리로 치우쳐져 있는 걸까? 일지 중 일부는 마치 기록이라기보다는 포나 보들레르가 술이나 약먹고 지은 시처럼 지리멸렬하고 두서없다. 우리는 과연 남극 한구석에서 이성을 잃어버렸던 걸까?

5

아니, 그렇지 않다. 나는 지금부터 우리가 남극에서 가져온 낡은 일지와 기록들과, 나 자신의 기억과 악몽들로부터 당시 이야기들을 조금씩 복원해보겠다. 이것은 결코 객관적인 기록이 아닐 것이나, 그렇다고 사실이나 진실이 아니라고도 할 수는 없을 것이다. 한밤의 꿈, 혹은 밝은 대낮의 백일몽들은 모두, 이성적이고 합리적인 기억과 기록으로 해명되지 않는, 해명할 수 없는 진실의 일말을 함축하고 있다. 오히려, 어쩌면, 이성의 궁극적인 기능은 우리의 자아가 낮 시간 동안, 밤에 목격한 세계와 우주의 진실로부터 안전해지도록 우리가 목도한 이야기와 이미지를 편집하는 것이 아닐까? 우리는 그렇게 재단된 이야기를 진실이라고 받아들이며, 세계의 실재에서 애써 눈 돌리고 있는 것은 아닐까? 이것이 모두 다만, 어리석은 여자들의 어리석은 몽상과 환상, 백일몽일 뿐일까?

그렇다면, 그렇더라도, 나는 진실인 꿈을 선택하겠다.

산맥은 우리 앞을 가로막지는 않았다. 하지만 우리는 예정 경로 왼쪽으로 비스듬하게 흘러가고 있었다. 테켈리-리, 테켈리-리, 울부짖으며 날아오르는 새들은 없었다. 하지만 남극 중심에서부터 끊임없이 매서운 눈보라가 불어오고 있었고, 우리는 산맥 발치에서 잠시 피할 수 있을 것 같아 그리로 향했다.

산맥이 바람을 막아주는 곳에서 우리는 캠프를 설치했다. 불가피할 경우에는 다른 탐험대들처럼 얼음 위에 텐트를 세우기도 했지만, 지형 조건이 허락하기만 한다면 우리는 항상 눈이나 얼음을 파고 안쪽으로 파고드는 것을 선호했다. 그래서 우리는 캠프를 설치하던 중 그것들을, 아니 그들을 발견하게 되었다.

✳

공감의 산맥에서

문명은 화장실에서 시작된다. 남극 대륙에 상륙하자마자 보았던 스콧 대장 탐사대의 다 무너져가는 오두막을 보았던 기억은 삼십 년이 지난 지금도 나를 몸서리치게 만든다. 남극에서 온갖 기이한 것들을 다 보았지만, 가장 끔찍했던 것은 바로 그, 남자들만 우글거렸던 소굴의 남은 형해였다. 주변부터 구역질이 났다. 새된 비명을 지르는 미친 도둑갈매기들이 관장하는 광기와 어둠의 묘지, 이성의 종말, 문명의 끝…. 오두막 주변은 세워진 지 십여 년이 다 되어가는 그 시점에도 설거지 대신 눈과 얼음 위에 되는대로 쏟아부은 음식물 찌꺼기, 바다표범의 가죽과 뼈들이 얼어붙어 있었고, 개들과, 결코 어떤 네발짐승도 (그리고 펭귄도) 아닌 두발짐승의 배설물들로 어지럽혀져 있었다….

그러니 이 황량한 남극 대륙에 진정한 문명을 가져온 것은 우리가 처음이었다. 베르타와 에바는, 건축 관련 교육을 받은 적이 한 번도 없었지만, 임시 숙소가 아닌(물론 임시 숙소를 만들 때에도 그랬지만) 제대로 된 숙소를 만들 때마다 눈과 얼음만으로 정말 안락한 집을 만들어주었다. 그리고 그 안락함과 쾌적함—

문명의 정수는 무엇보다도 화장실이었다. 우리는 결코 진지한 과학 탐사대라고 할 수 없었는데도, 에바는 초소형 수동식 시추 장비를 끝끝내 고집해서 챙겨 왔고, 그 덕분에 우리는 수세식은 아니지만 그래도 정말로 그럴듯한 화장실을 남극 한복판에서도 가질 수 있었다. 베르타는 중앙 거실에 있는 중앙 난로 배관에서 연기를 마법처럼 바깥으로 뽑아냈던 것처럼 화장실마다 항상 쾌적하고 서늘한 공기가 순환하도록 솜씨를 부렸다. 그것들, 아니 그들을 발견한 것도, 캠프 중앙 공사가 끝나고 에바의 시추기를 위해 캠프 주변을 여기저기 파보며 정리하던 중이었다.

처음에는 고대 해양생물의 표본인 줄 알았다. 바다나리나 불가사리 같은…. 그러나 주위를 파내려갈수록 그것은 일부에 불과했고, 전체 길이는 성인 남성 정도였고, 중심 줄기는 날씬한 항아리 모양인데, 가장 불룩한 부분의 둘레가 일 미터 정도, 양끝의 좁은 부분은 삼십 센티미터 정도 되었다. 가지 혹은 뿌리로 보이는 가느다란 관들이 윗부분과 아랫부분에서 불규칙하게 돋아나 있었고, 부채처럼 접혔다 펼쳐질 것 같은 길이 이 미터의 주름진 잎이 달려 있었다.

✳

공감의 산맥에서

('바다나리 줄기랑 뿌리가 이렇게 큰 거였어?' 페피타가 중얼
거렸고, 대학에서 생물학 교양 수업을 들었던 돌로레스가 '그
건 아닐걸' 하고 확신 없는 목소리로 중얼거렸다.) 몇 군데인
가 동파로 보이는 상처에서는 우리의 체온과 조명의
열기에 반응하여 어두운 색의 녹즙이 흘러나오기 시
작했다. ('어떡하지? 가지랑 뿌리가 다쳤나 봐!' 테레사가 안
타깝게 외쳤고, 베르타가 주위를 돌아보며 '어디 다시 심어주
면 안 될까?' 제안했다. 하지만 불행히도 주변은 온통 눈과 얼
음뿐, 근방의 유일한 식물은 우리의 식량 자루 속 동결건조 감
자와 옥수수들이 유일했다.) 주변은 온통 눈과 얼음뿐.
그래서 우리는 곧바로 베르타의 얼음 온실을 떠올렸
다. 이곳 임시 캠프에는 설치하지 않았지만, 두고 온
우리의 '기지' 수다메리카 델 수르에서 베르타는 얼음
표면 바로 아래를 바싹 파내서 온실 유리처럼 투명에
가까운 지붕 아래 남극의 태양이 곧바로 비치는 온실
을 만들었고, 우리는 그곳을 부에노스아이레스라고
불렀다….

4

어느 사이엔가 우리는 우리의 기지, 수다메리카 델

수르로 돌아와 있었다. 우리는 부에노스아이레스에 모여 벤조를 켜며 노래를 부르고 있었다. 그러나 우리 중 몇몇은 줄곧 베르타의 온실 가운데 우리가 옮겨 심은, 외계로부터 날아온 듯한 남극의 길고 축축한 바다나리 줄기를 생각하고 있었다….

하루는 나쁜 꿈을 꾸었다. 꿈속에서 나는 우리 기지에 혼자 남겨져 있었다. 모두 어디로 가버린 걸까. 수다메리카 델 수르의 모든 방과 굴을 샅샅이 뒤지던 중 나는 마침내 베르타의 온실에 다다랐다. 모두 그곳에 모여 있었다. 모두 모여 바다나리 줄기 아래 엎드려 경배하고 있었다. 바다나리 줄기는 부채 모양의 날개를 활짝 펼치고, 다섯 갈래로 갈라진 얼굴을 활짝 열고 울부짖고 있었다….

빙하 한가운데에 설치한 임시 텐트에서 페피타가 외친다. 정신 차려, 우르술라! 기지가 뭐가 어쨌다는 거야? 여기는 빙하 한복판이라고!

그럴 리가 없다. 우리는 남극점에 도착했다. 어제,

✳
공감의 산맥에서

아니, 오늘, 아니, 내일? 페피타가 왜 여기 있지? 우리는 벌써 남극점에서 기지로 돌아온 걸까? 탁자 위에는 기다란 외계의 바다나리가 눕혀져 있고, 후아나가 메스를 들고 표본을 해부하려 한다. 그때 테레사가 외친다. 저것 좀 봐! 바다나리 뿌리 쪽에 작은 바다나리가 보인다. 무성생식인 건가? 후아나가 당혹한 어조로 자문한다. 어쨌거나, 봐, 아기를 가지고 있잖아. 불쌍한 것 같으니라고.

"마침내 기지에 도착하니 엄청나게 충격적인 일이 기다리고 있었다. 테레사가 임신했다. 그 불쌍한 것의 커다란 배와 부끄러워하는 표정을 본 내 첫 번째 반응이 분노−격분−격노였다는 걸 인정해야겠다." 베르타가 단조로운 어조로 책을 읽었다. 아니, 틀렸어. 내가 읽은 판본에서는 "마침내 캠프에 도착했을 때 깜짝 놀랄 만한 일이 우리를 기다리고 있었다. 테레사가 임신을 했던 것이다. 그 불쌍한 여자의 불룩 나온 배를 보니 우선 화부터 났다. 분노, 격분." 아니, 테레사는 임신하지 않았다. 테레사는 남극에서 아기를 낳지 않았다. 남극의 로사—꼬마 로자 델 수르는

134

✳

죽지 않았다. 우리는….

왜 아기를 가진 게 불쌍한 거지? 부푼 배를 쓰다듬으며 테레사가 물었다. 읽던 책을 내려놓고 내가 말한다. 아마 딱해서 그런 게 아닐까? 임신한 줄도 모르고 이 험한 곳까지 따라왔으니?

테레사가 항의한다. 난 따라온 게 아니야. 나 스스로 선택해서 여기에 온 거라고. 물론, 아기가 생긴 줄은 나도 몰랐지만!

불쌍한 것 같으니라고. 아기까지 딸린 채 이 낯선 행성에 오다니. 우리는 그즈음, 이 바다나리 줄기가 지구에서 진화한 존재가 아니라는 것을 눈치채고 있었다. 암묵적으로 그런 결론에 동의하고 있었다. 해부하거나 거기에 상당하는 분석 결과는 아니었다. 오히려 우리는 베르타의 온실에 해안 근처에서 힘들게 긁어온 표토를 깔고, 붓고, 그녀를 심던 것으로 기억한다. 남자들은 항상 알지 못하는 것을 두려워하며 자르고 가르고 쪼개서 무엇인가 알아보려 하지만, 그럴 때마다 세상의 본질은 미지로 물러날 뿐이다. 하

✳
공감의 산맥에서

지만 우리 여자들은 심고, 생육하게 두고, 지켜보고 이해한다…. 불쌍하다고 해서 동정한 것은 아니었다. 한 생명으로 또 한 생명을 꾸리는 일은 힘들고 고된 일이다. 우리들 중 몇몇은 그것을 겪어서 알았고, 그렇지 않은 경우에도 그것이 어떤 것이라는 것은 이미 알고 있었다. 그러니 이것은 동정이 아니라 공감이었다.

가장 인간답고 아름다운 감정은 공감이다. 그중에서도 가장 인간답고 아름다운 공감은 낯선 이, 미지의─아직 알지 못하는 것에 대한 공감이다.

3

우리는 그, 외계에서 온 식물과 공감했다. 혹한 속의 환상이었을지도 모르지만, 부에노스아이레스 한가운데 그녀가 천정의 별들을 향해 가지와 잎을 활짝 펴고, 우리는 그 주위에 둘러앉아 그녀가 부르는 우주의 노래에 귀를 기울였던 기억도 있다. 과연 그게 꿈이었을까?

하루는 온실에 들어갔는데, 숨이 턱 막혔다. 별들의 바다나리는 온실의 벽과 바닥을 온통 눈과 얼음으로 조각한 장대한 서사시 이미지로 채워놓고 있었다. 도대체 이게 뭐야? 뒤따라 들어온 돌로레스가 놀라 소리쳤다. 가만, 이거 뭔가 이야기가 있는 거 같아. 언제부턴지 옆에서 조용히 이미지들을 관찰하던 에바가 중얼거렸다. 벽면을 가득 메운 부조와 바닥에 동그랗게 배열된 환조들은 주로 다양한 배경 위에서 여러 가지 동작을 취하고 있는 우주 바다나리들을 그리고 있었고, 아마도 그들의 역사라고 직관되었다. 이들은 문자가 없었던 걸까? 환조들을 가만히 바라보던 후아나가 의문했고, 조에가 대답했다. 어쩌면 이게 이들의 문자인지도 몰라. 우리의 문자가 평면 위에 점과 선으로 이루어진 2차원적인 것이라면, 이들의 문자는 공간 속에 높이와 둘레, 부피로 이루어진 것인지도. 베르타가 말했다. 중국인들이나 이집트인들의 그림 문자처럼? 완전 원시적인데? 그렇지 않아. 테레사가 부푼 배를 쓰다듬으며 반박했다. 우리가 점과 선으로 이루어진 문자를 갖게 된 건 시간과 공간의 한계 때문이었어. 남자들은 추상적인 것들

＊
공감의 산맥에서

을 더 우월한 것으로 이야기하지만, 그렇지 않아. 추
상적인 건 궁색의 결과야. 절제를 고상한 것으로 숭
상하는 것들도 모두 남성들의 이데올로기로 인한 산
물이지. 감각적인 것, 풍요롭고 구체적인 건 결코 관
념적이거나 추상적인 것들에 비해 열등한 게 아니야.
결국은 매체의 분량 차이일 뿐이지. 봐, 이 이미지들
이 과연 문자로 축약된 우리들의 역사보다 더 열등한
걸까? 오히려 우리가 더 빈약한 것이 아닐까? 활동사
진, 영화를 생각해봐. 그게 과연 그림이나 책보다 열
등하다고 생각해? 언젠가, 우리에게 더 많은 시간과
여유가 주어진다면 우리는, 책을 읽는 것보다 영화를
통해서, 움직이는 이미지들을 통해서 더 생생하고 실
재적인 정보들을 전하고 받을 수 있을 거야…. 우리
아이들은, 아니면 그 손자들은 통조림 따는 법을 알
아보려 설명서를 읽어보는 대신 통조림 따는 활동사
진을 찾아보겠지. 우리는 테레사의 비전을 잠시 곱씹
어보았다. 말도 안 됐다. 그때, (이제 모두들 온실 입구
에 모여 있었다. 아무도 감히 들어갈 생각을 하지는 못했지만)
카를로타가 손짓했다. 저것 좀 봐! 온실 외곽의 동심
원 중 하나 속에 있는 입상을 가리켰다. 그 입상은 한

눈에 보더라도 우주 바다나리를 조각한 것이었다. 그러나, 그 주변에는 우리가 익히 아는 신생대의 여러 동물들이, 괴수들이 작게 조각되어 있었고, 그중 우주 바다나리 가장 가까운 곳에는 두 발 영장류 둘이 무릎을 꿇고 우러러보고 있었다. 우주 바다나리는 날개를 활짝 펴고, 촉수들을 내려뜨리고 있었는데, 그중 가장 굵은 촉수는 마치 뱀이 꿈틀거리는 듯했다. 선악과야. 생명의 나무야. 에바와 베르타가 거의 동시에 속삭였다.

별들의 바다나리는 밤새 움직인 뒤라 피로했는지 촉수들을 내려뜨린 채 움직이지 않았다. 우리는 벽면의 부조와 바닥의 환조들을 쳐다보며 한동안 의견을 교환했다. 그 결과, 이 모든 것이 별들의 바다나리가 우리에게 보내는 메시지이며, 자기 자신의 이야기라는 결론에 도달했다. 벽면의 부조는 그녀 종족의 역사였고, 그녀의 종족이 어떻게 별들 사이의 시간과 공간을 지나 우리 지구에, 대기와 물이 갓 조성되기 시작한 원시 지구에 도착하게 되었는지에 관한 이야기였다. 한 종족의 역사이자 우리 태양계의 초기 상태에 관한 진귀한 증언이었다. 그리고 바닥의 환조들

139

✳

공감의 산맥에서

은 이 행성에 도착한 뒤 그녀 종족이 지나온 시간선
이었다. 그녀는 시간선을 바닥 바깥면부터 시작해서
점차 현재를 향해 동심원을 그리며 배열했다. 그녀
발치의 마지막 동심원은 우리가 그녀를 발굴해서 기
지로 데려오기까지의 여정이 기록되어 있었다. 우리
는 십 센티미터가량의 얼음 조각들 속에서도 우리 자
신을 구별해낼 수 있었다….

　　그녀의 기록들—조각들에 따르면 우리 지구의 현
재 생태계는 모두 그녀의 종족, 우주 바다나리들이
만들어낸 결과물이었다. 아니, 가꾸어냈다고 하는 편
이 더 좋을 것 같다. 객관적으로 확증할 수는 없지만,
에덴동산 신화가 만일 그녀 종족들과의 오랜 역사에
대한 희미한 기억의 산물이었다면, 우리 지구는 그녀
종족이 정성껏 가꾼 정원이었다.
　　기록들—조각들에 따르면 우주 바다나리들은 남
극 대륙이 아직 따뜻하던 무렵, 공룡들이 멸종한 직
후에 지구에 찾아왔다. (어쩌면 훨씬 더 이전인지도 몰라.
선캄브리아기라든지…. 돌로레스가 중얼거렸지만 나중에는
철회했다. 별들의 바다나리의 예외적인 기이한 신체 구조를

다만 원시적이고 낙후한 것으로 파악한다면 선캄브리아기까지 거슬러 올라가야겠지. 하지만 그건 이데올로기에 사로잡혀 실재를 무시하는 가설일 거야. 우주 바다나리들이 별들로부터 왔다고 하면 그건 문제가 안 돼. 어차피 진화는 직선형이 아니야. 우열과도 무관하고. 남극으로부터 돌아오는 배 안에서, 어느 날인가 포도주를 많이 마셨을 때 그렇게 부언했다.) 낯선 것을 배격하고 뭐든지 동일한 기준에서 우열을 정해야 하는 편협한 마음으로는 이해할 수 없는 논리이리라. 우리는 결코 우리 종의 대표자라든가, 우리 종의 정수라는 자부심은 없었다. 사회에서 여성들은 언제나 2등 시민으로 주류에서 배제되어왔다. 이 글을 쓰고 있는 시점에서도 여전히, 우리 여성들은 정치에 참여할 수 없다. 투표권을 가지지 못한다. 물론, 노예의 논리에 따라 스스로를 주류 백인 남성에 동조해서 그들의 정체성을 끌어다 뒤집어씀으로써(전문용어로 동일시를 통해) 상처받은 자존심을 달래볼 수도 있으리라. 하지만 환상과 환각의 한가운데서 우리는—적어도 나는 그러기를 거부했다. 그럼으로써 별들 너머에서 온 이방인이 전해주는 우리의 잊힌 옛 역사를 그대로 받아들이고, 우리 종족의 기원에 대해, 그럼으로써 현재 우주 안에서의 우리 종족의 정확한 위치와 지위에 대해 객관적인 시각을 가질 수 있었다. 그 모든 게, 그 모든 것이 다만 환상이었을 뿐이었을까? 영원한 빙원 한가운데서 의미 없이 흩날리던 눈송이들 몇 개처럼?

4

빙하 한가운데에 설치한 임시 텐트에서 조에가 외친다. 정신 차려, 우르술라! 기지가 뭐가 어쨌다는 거야? 여기는 빙하 한복판이라고!

2

도대체 뭐라는 거야? 기억에 의하면—어느 기억일까? 과거의 기억? 미래의 기억? 책에서 읽은 기억? 페피타나 조에 모두 카를로타의 제2팀에 속해 있었다. 속해 있다. 속해 있을 것이다. 나와 같은 팀인 돌로레스나 후아나는 과연 어디에 있는 걸까? 왜 이리 추운 거지?

기억은, 시간은, 별들의 바다나리 주변 동심원이

그렇듯이 우리 주위를 둘러싼 것이고, 결과적으로는 우리 그 자체가 되는 것이다. 그저 우리는 어쩌면 지금까지 우리가 걸어왔던 궤적 그 자체일지도 모른다…. 그렇다면 지금 여기 남극 대륙에서 우리는 무엇을 하고 있는 것일까? 여기에서 우리는 무엇이 되고 있는 것일까? 용광로에서 돌은 철이 된다. 차가운 극점에서 사람들은, 우리 여자들은 무엇이 되는 것일까?

4

우리는 남극점에 도착했다. 1909년 12월 22일. "날씨는 여느 때처럼 매우 지독했다. 어떤 종류의 물건도 그 적적한 하얀 땅에 표시되어 있지 않았다. 우리는 뭐가 됐건 눈 더미나 텐트 고정 막대나 깃발 같은 표식이나 기념물을 남기는 것에 관해 토론했지만, 그렇게 해야 할 특별한 이유가 없는 것 같았다." 베르타가 적적한 어조로 읽었다. 나는 힐끔 베르타의 온실을 건너다보았다. 베르타의 물 조각 외에는 아무것도 없었다. 어쩌면 우리 모두 그저 남극 대륙 가장자리에서 편안한 얼음 안락처를 만들어놓고, 포도주를 마

✴

공감의 산맥에서

시며 흥청망청 놀고 있는 것인지도 몰랐다. 아주 값비싼, 유한마담들의 남극 스키 여행.

어느 사이엔가 나는 별들의 바다나리의 조각들 속을 걷고 있었다. 내 옆에는 후아나와 조에, 베르타, 테레사, 카를로타, 에바, 페피타, 돌로레스까지, 우리 탐험대 전체가, 십 센티미터 이하의 조그만 축도로 축소되어서 별들의 바다나리의 작은 조각 숲을 거닐며, 그녀의 동심원을 따라 지구의 잊힌 역사를 더듬으며, 산책하고 있었다. 남자들은 결코 알지 못하는 그들의 어머니들의 어머니들의 어머니들의 역사를.

별들의 바다나리가 있는 곳이 우리의 남극점이었다. 블리자드가 쉴 새 없이 몰아치고 극점이 동요했다. 희미한 남극성이 흔들리고, 별들이 떨어져 내렸다. 그러나 우리는 아랑곳 않고 계속 전진했다. 그녀의 기하학적인 곡선을 따라, 중심부로 천천히. 그때 비로소 우리는 별들의 바다나리 위에 있는 우리들의 천정인 밤하늘을 올려다보았고, 별들의 바다나리의 공간적 배치의 가장 깊은 비밀을 목도하게 되었다.

✳

베르타의 온실은 이제 별들의 바다나리의 내면을 외부로 다시 뒤집은 것이었고, 우리는 그 사이를 마치 뉴런 사이의 전기화학적 신호들처럼 간헐적으로 반짝이며 쫓아갈 따름이었다. 그렇다면 벽면은 별들의 바다나리의 과거, 바닥은 별들의 바다나리의 현재, 그리고 천장은 별들의 바다나리의 미래일 것이었다.

7

이제는 우리가 헤어져야 할 시간이구나. 별들의 바다나리의 아이들은 기운차게 뛰어다니며 그녀가 만든 전언을 부수고 헤집었다. 그녀는 어제부터 날개를 활짝 펴고 있었고, 그녀의 아이들도 마찬가지였다. 그래서 우리는 일찌감치 이별을 예감하고, 우리의 남극 탐험의 종지부를 예감하고 준비하고 있었다. 우리가 손을 들어 천천히 흔들자, 그에 맞춰 별들의 바다나리도 얼굴을 활짝 펴고 날개를 활짝 열고서 우리의 손짓에 맞춰 흔들며 별들과 별들 사이의 비행을 준비하기 시작했다. 그녀의 발치에서 두세 마리의 작은 배아들도 날개를 활짝 펴고 어미의 날갯짓을 따라 몸을 흔들었다.

✸

1

이 소설을 간행할 의향은 전혀 없지만 나는 어느 날 내 손녀나 다른 누군가의 손녀가 우연히 이 원고를 발견한다면 근사하겠다고 생각한다. 그래서 나는 이 원고를 로지타의 세례복과 후아니토의 은 딸랑이와 내 결혼식 구두, 그리고 순록 장화와 함께 다락에 있는 여행용 가죽가방 안에 넣어둘 작정이다. 나는 아무 곳에도 다녀오지 않았다. 나는 모든 곳을 다녀왔다. 명심하라. 이 둘 중에 어느 하나는 진실이어야만 한다. 아니, 이 둘 사이에는 무수한 진실이 있다. 진실은 결코 하나가 아니다.

8

우리는, 우리 인류는 시간이 선형적이라고 생각하지—과거로부터 현재를 거쳐 미래로. 모든 역사 교과서의 연대표들은 기본적으로 1차원적이야. 선형이지. 하지만, 만약에, 그, 동물도 아니고 식물도 아닌 불쌍한 것의 두뇌가 인식하는 시간이, 마치 그녀가 베르타의 온실 안에 모사한 것처럼 3차원적이거나, 혹은 그 이상이었다면?

146

✳

모든 것이 다만 확률, 가능성의 정도의 문제였다면? 별들의 바다나리가 가로지르는 우주의 삼라만상은 모두 확률적으로 펼쳐져 있으나, 다만 우리가 그중 가장 좁은 일부분에 불행하게 얽매여 있는 것이라면? 그러나 우리의 선택에 따라 우리 이야기의 수많은 다른 가능성이 무수히 가능해진다면?

8

이듬해 2월, 옐초호가 장벽 아래에 정박한다. 이미 며칠 전부터 모든 짐을 꾸려놨던 우리는 몇 시간 만에 모든 짐과 인원을 내려서 옐초호에 승선한다. 남기신 물건이나 인원은 없으신가요? 파르도 선장은 의례적으로 건네는 것이 분명한 어조와 뉘앙스로 질문하고, 대답을 기다리지도 않고 큰 소리로 웃으며 출항을 명하지만, 우리 푼타 아레나스 탐험대의 열 명의 대원들은, 아직 채 옹알이도 시작하지 못한 로자를 포함해서 모두, 어떻게 답해야 할까 머뭇거린다. 바로 전날 별들의 바다나리가, 그녀의 작은 아이들과 함께, 큰 날개를 활짝 펴고 얇은 얼음창을 깨고 적막하고 광활한 밤하늘 저편으로 날아갔기 때문이었다.

✳

공감의 산맥에서

1

로지타, 후아니토, 나의 아들딸들아. 그때로부터
다시 이십여 년이 지난 지금, 당시에는 상상하지도
못했던 새로운 기술들이 새롭게 개발된 지금, 그전까
지는 이름을 들어본 적이 없었던 북미 동부의 작은
대학교, 미스카토니크 대학교의 탐사대가 우리의 탐
사 루트와 거의 비슷한 경로를, 훨씬 더 발달한 장비
로 탐사한다는 짧은 단신에 놀라 이 보고서를 다시
새롭게 뒤적이게 되는구나. 새삼스럽게, 우리가 별들
의 바다나리를 파낸 근처에, 그녀의 다른 동료들이
더 묻혀 있었을 수도 있다는 사실이 기억난다. 우리
의 꿈이 환상이 아니었다면, 그녀가 그녀의 아이들과
함께 이 오래된 지구의 중력장을 벗어나 그녀의 본래
고향으로, 꿈과 환상의 대우주를 향해 날아오른 것이
과연 사실이기를 빈다. 기원한다. 우리가 과연 남극
에 다녀왔을까? 우리가 남극에서 본 것은 모두 과연
무엇이었을까? 별들의 바다나리는 우주의 시간과 공
간 사이의 틈새, 가능한 실재의 모든 층위 사이를 날
아다니는 것이 아니었을까? 그렇다면 우리도, 그녀
의 날개 아래에서 우리에게 주어진 모든 가능한 현실

의 층위를 관통한 것이 아니었을까? 과연, 여자들의 힘만으로 그 험한 남극을, 남극점을, 남자들보다도 더 먼저 아무런 희생 없이 다녀왔다는 것이 진실일 수 있을까? 사실일 수 있을까? 그것은 진실이었던 걸까? 사실이었었던 것이었을까?

나는 미스카토니크 탐사대가 우리가 남겨놓고 온 그녀의 다른 자매들을 만나기를 바란다. 만나는 것을 상상한다. 그녀의 다른 자매들은 또 우리 인류에게 어떤 지혜를 나눠줄 수 있을까? 우리가 미처 다 듣지 못했던, 우주의 신비로운, 잊힌, 별들 사이의 노래를⋯.

fin.

✷
공감의 산맥에서

작가의 말

*

은림

공포 영화, 공포 소설, 무서운 이야기를 인생에서
최대한 피하고 살아왔다. 무서워하다 잠을 자지 못하
면 통증 때문에 녹록지 않은 하루의 일상이 더 벅차
기 때문이다. 공포야말로 나에게 낯선 것, 미지의 것,
접근하고 싶지 않은 것이었다.

이수현 작가님이 보내주신 '러브크래프트 다시 쓰
기'라는 낯선 분야의 기획안을 받고서 나는 두려움보
다 열의를 느꼈다. 나는 새로운 곳을 향해 모험을 떠
날 준비가 되어 있었다. 내 배가 낡아 잘 해낼 수 있
을지 겁이 났지만 기꺼이 함께 가보고 싶었다.

러브크래프트의 글은 다행히 최근 공포물에서 나타

나는(내가 몹시 꺼리는) 촘촘한 일상의 공포와 좀 거리가 있었다. 작가의 작품 속에서 공포보다는 오래된 것들의 환영, 미지에 대한 낯섦, 이해받지 못하는 외로움, 고립을 읽어낼 수 있었다. 그리고 늘 그렇듯이 나는 작품 변두리에 자리한, 외면받은 조연들인 여성, 유색인, 상처 입은 사람들에게 마음이 쓰였다. 러브크래프트의 작품에선 여성이 거의 등장하지 않는다.

〈현관 앞에 있는 것〉이라는 작품에서 딱 한 번 스포트라이트를 받았지만 그 역시 아비의 껍데기인 마녀였다.

나는 주인공이 여성이길 바랐고, 러브크래프트의 주인공인 백인, 남성, 비장애인, 도시에서 태어난 인물들을 반대편에 두고서, 작가가 혐오하고 두려워한 미지와 맞서고 싶었다. 미지의 것, 변화를 두려워하는 것은 기득권이다. 아무것도 쥔 것이 없는 자들은 언제나 변화와 혁명을 꿈꾼다. 그들에게는 현재가 공포다.

러브크래프트를 읽고 또 다시 써보면서 내 앞에 펼쳐진 건 현저한 내 안의 혐오와 공포였다. 그것들을 털어내고 마름질해 보기 좋게 만드는 과정이 무엇보

✳

작가의 말

다 어려웠다. 그리고 작품 속에서 너무 외로웠던 한 남자를 보면서, 자신 안에 있는 부정적인 것들을 솔직히 털어내고 아름다운 미지와 공포로 채색할 수 있었던 힘에 경외를 느꼈다.

러브크래프트는 흉폭하고 낯설고 더럽고 무섭고 기이한, 온갖 부정적이고 껄끄러운 것들을 시꺼먼 무의식의 기저에 두지 않고 말끔한 종이 위에 수놓아 빛을 쪼였다. 나는 내 더럽고 무지한 생각들을 차마 온전히 마주하기도 어려웠다. 정말 두려운 것은 미지를 혐오하고, 두려워하고, 알고 싶어 하지조차 않는 나였다.

새롭게 도전할 기회를 주신 이수현 작가님과 알마 출판사에 감사를 전한다.

✳

작가의 말

✳

박성환

SF를 삼십 년 이상 읽었고 이십 년 가까이 써왔지만, 밤하늘의 별들을 보며 낭만을 느낀 적은 거의 없습니다. 별들은 영원한 시간 속에서 냉혹하고 무심하게 빛날 뿐, 인간들과는 전혀 무관한 존재들로만 보입니다. 밤하늘을 올려다본 적은 고등학생 때 독서실에서 졸다 나왔을 때나 취직 후 야근에 시달리다 귀가하던 때가 고작이어서 더 그런지도 모르겠습니다.

혼란스럽고 힘겨운 삶 속에서 밤하늘을 올려다보던 러브크래프트의 심정이 헤아려질 때가 있습니다. 우주적 공포란 유한한 필멸의 존재가 불멸과 무한, 영원 앞에서 그 천문학적 단위의 숫자를 인지했을 때

갖는 느낌이 아닐까요. 거대한 우주 앞에서 혼자가 된다면 누구나 그토록 외롭고 두려울 수 있을 것입니다. 하지만, 만일 그때, 생김새와 말소리는 다르지만 똑같이 외롭고 두려운 이들이 바로 곁에 있다는 걸 떠올리게 되면 조금은 다를지도 모릅니다. 어쩌면 별들도 저마다 외로운 건지도 모르겠다는 생각도 듭니다.

* 아시는 분은 아시겠지만 〈공감의 산맥에서〉는 러브크래프트의 장편 《광기의 산맥》에 등장하는 탐험대가 도착하기 전에 어슐러 르귄의 〈정복하지 않은 사람들〉[《혁명하는 여자들》(2016, 아작)에 수록된 단편]의 탐사대가 먼저 다다랐었다면 어땠을까 하는 가정에서 출발한 짧은 단편입니다. 부분적으로는 1994년에 여성사에서 출간된 판본을 인용했습니다.

✳

P LC.RC

**Project
L o v e c r a f t .
Recreate**

뿌리 없는 별들

1판 1쇄 찍음 2020년 4월 16일
1판 1쇄 펴냄 2020년 4월 30일

지은이 은림 박성환
펴낸이 안지미
기획 이수현
편집 유승재
교정 박소현
디자인 안지미 이은주
제작처 공간

펴낸곳 (주)알마
출판등록 2006년 6월 22일 제2013-000266호
주소 03990 서울시 마포구 연남로 1길 8, 4~5층
전화 02.324.3800 판매 02.324.2846 편집
전송 02.324.1144

전자우편 alma@almabook.com
페이스북 /almabooks
트위터 @alma_books
인스타그램 @alma_books

ISBN 979-11-5992-298-5 04800
ISBN 979-11-5992-246-6 (세트)

이 책의 내용을 이용하려면 반드시 저작권자와 알마 출판사의 동의를 받아야 합니다.

이 도서의 국립중앙도서관 출판예정도서목록CIP은 서지정보유통지원시스템 홈페이지http://seoji.nl.go.kr와 국가자료종합목록 구축시스템http://kolis-net.nl.go.kr에서 이용하실 수 있습니다. CIP제어번호: CIP2020014741

알마는 아이쿱생협과 더불어 협동조합의 가치를 실천하는 출판사입니다.

종이 │ 표지_스노우화이트 250g/㎡ 본문_그린라이트 100g/㎡

오마주와 전복으로 다시 창조하는
H. P. 러브크래프트의 세계

●●●●●●●●●●●●●●●●●●●●●●●●●●●●●●●●●●●●●●

Project LC.RC

악의와 공포의 용은 익히 아는 자여라.. 홍지운

아이들이 우이천에서 데려온 이상한 도마뱀.
이 괴생물체의 등장 이후 사람들은 나를 미친 사람 취급하기 시작한다.

별들의 노래.. 김성일

불의를 참지 못 하는 신참 노숙인 김영준. 그는 홀리듯 사람의 마음을 얻는
강 선생을 만난 뒤부터 아득히 먼 우주의 심연을 보기 시작한다.

우모리 하늘신발.. 송경아

일제강점기 기이한 노파 드란댁이 만든 이상적이고도 비밀스러운 공동체.
드란댁은 이 마을과 사람들을 '텃밭'이라 부른다.

뿌리 없는 별들.. 은림, 박성환

댐으로 수몰될 지역에서 식물학자가 겪은 황홀과 공포에 관하여.
/ 극점으로 향한 남극탐사대가 시간의 뒤섞임 속에서 마주한 놀라운 존재에 관하여.

역병의 바다.. 김보영

전염병이 도는 동해안의 어촌. 경찰력이 마비된 곳에서 여자는 자경단으로 살고 있다.
어느 날 외지에서 온 남자는 마을의 파괴를 말한다.

낮은 곳으로 임하소서.. 이서영

악취가 심한 백화점의 보수 공사에 투입된 건설회사 직원 이슬은
84년 전 건축문서에서 두려운 존재를 발견하고 고통받는 사람들과 마주한다.

친구의 부름.. 최재훈

원준은 2주간 학교를 나오지 않는 친구의 자취방을 찾아간다. 불러도 대답 없는 친구.
문을 열고 들어가보니 친구는 의외로 반갑게 원준을 맞이한다.

외계 신장.. 이수현

학위를 따기 위해 굿판을 쫓아다니는 민서. 그는 백 년 전부터
기이한 죽음이 일어난다는 '금단의 집'에서 마주친 노만신 경자에게 매료된다.